红楼梦诗文解读

吴兆能 著

合肥工业大学出版社

目 录

第十三回

第十七、十八回

第二十一回

第二十二回

第二十三回

第二十五回

第一回

石上偈[①]

【原文】

无材可去补苍天[②]，枉入红尘[③]若许年。
此系身前身后事[④]，倩谁记去作奇传[⑤]？

【注释】

① 偈（jì）——佛经中的唱词，也泛指佛家的诗歌。

② 补苍天——出自古代女娲补天神话。

③ 枉入红尘——白白地来到人间。红尘，指热闹繁华的人世间。

④“此系”句——这是石头身前和身后所经历的故事。小说假托一块石头幻化为通灵宝玉，到人间走一遭后，又回归并化作原来顽石模样，所以这样说。

⑤“倩（qiàn）谁”句——请谁抄记去做奇闻流传。倩，请求。

【译文】

女娲补苍天，无材未入选。人间走一遭，厮混若干年。
所有经历事，详记在我身。烦请哪一位，抄录传人间？

【说明】

空空道人见大荒山无稽崖青埂峰下有一块顽石，上面镌刻文字，叙述它被携入红尘后的经历见闻，后面还有一首七言绝句偈语。这也是小说《红楼梦》原名《石头记》的来历。

空空道人批注

【原文】

因空见色[①]，由色生情[②]；传情入色[③]，自色悟空[④]。

【注释】

① 因空见色——本来就白茫茫一片，什么都没有（本来无一物），因为我们的幻觉，看到很多的现象。

② 由色生情——现象见多了，就会产生情感。

③ 传情入色——情多了就会陷进去，陷进了更深的幻觉。

④ 自色悟空——走出情感幻觉，领悟到万境归空。

【译文】

茫茫天地间，风光却无限。
风光无限好，绵绵情意生。
绵绵情意浓，沧桑感觉存。
沧桑感觉深，茫茫天地明。

【说明】

“空”“色”“情”均是佛教用语，有深刻的哲学寓意。三者转换，体现佛家“万境归空”思想。空空道人作此批注后，自称情僧，把石头上镌刻的故事抄录下来，问世传奇，并改《石头记》为《情僧录》。

自题一绝

【原文】

满纸荒唐言，一把辛酸泪。
都云①作者痴，谁解②其中味？

【注释】

① 云——说。

② 解——懂得。

【译文】

通篇言语都是荒唐无稽，全书字字饱含辛酸眼泪。
世人都笑话我执着愚昧，谁人能读懂其中意味？

【说明】

这是整部小说以第一人称写的唯一的一首诗。作者声称小说的初稿来源是空空道人从石头上抄来，后来经“曹雪芹于悼红轩中披阅十载，增删五次，纂成目录，分出章回”，题名为《金陵十二钗》，并题了这首绝句。

太虚幻境对联

【原文】

假作真时真亦假，无为有处有还无。

【译文】

虚假当成真，真也变虚假；
虚无视作有，有就成虚无。

【说明】

炎炎夏日，甄士隐在书房打盹，睡梦中遇见手携“通灵宝玉的一僧一道”，遂向两位仙师请教，并请求大略看了一下通灵宝玉；又见一座巍峨大石牌坊，上书“太虚幻境”匾额，两边就是这副对联。

嘲甄士隐

【原文】

惯养娇生笑你痴，菱花①空对②雪③澌澌④。
好防⑤佳节元宵后，便是烟消火灭时。

【注释】

① 菱花——隐指甄士隐的女儿英莲，她后来改名香菱。
② 空对——这里有不幸碰上的意思。
③ 雪——谐音“薛”，指后来霸占香菱为妾的薛蟠。
④ 澌澌——状声词，形容雪盛。

⑤ 好防——谨防，要当心。

【译文】

可笑你儿女心重，只知娇生惯养，菱角花开时，却漫天飞雪，澌澌声响。要提防，(正月十五) 美好元宵节日过后，一切都会干干净净，烧个精光。

【说明】

甄士隐抱三岁女儿英莲上街看热闹，遇一僧一道。那僧一见就大哭，要士隐把女儿舍给他。士隐知是疯话，未予理睬。那僧便指着他大笑，念了这首谶语诗。“菱花”开于夏日，而竟遇“雪”，喻生不逢时，必遭摧残，暗示了香菱的悲惨命运。

中秋对月有怀口占一律

【原文】

未卜①三生愿②，频添③一段愁。
闷来时敛额④，行去几回头⑤。
自顾风前影，谁堪月下俦⑥？
蟾光⑦如有意，先上玉人楼⑧。

【注释】

① 未卜——不能预知。

② 三生愿——指世世结为夫妇的愿望。三生，佛教有过去、现在、未来三世转生之说。

③ 频添——古人常常对月感怀，这里指团圆的月亮常增添自己的烦恼。

④ 敛额——皱眉蹙额，愁闷的样子。

⑤“行去”句——指娇杏在甄府看见贾雨村，离去时“不免又回头一两次”。

⑥“自顾”二句——看看自己一副落魄的样子，哪配找对象呢？“顾影”，看自己的影子，指形单影只，孤苦无依，常被用来形容美人自怜或文人失意。“风前”，指漂泊淹留，羁旅他乡。谁堪，谁配得上。“俦”，伴侣。“月下俦”，指婚配。

⑦ 蟾光——月光。古代传说月中有蟾蜍，即癞蛤蟆。
⑧ 玉人楼——指所思念的女子（娇杏）的住处。

【译文】

不知道我的婚配能否如愿，愁上加愁。
烦闷时经常皱起眉头，想起她离开时的几次回头。
看看我目前的囧况，谁能够做我的新娘？
月光啊，你若懂我情意，先照亮我心上人的绣楼。

【说明】

落魄书生贾雨村栖身于甄士隐家隔壁的葫芦庙，一日到甄家拜访，候于书房。窗外有个丫鬟娇杏对他多看了两眼，雨村以为其有意于他，便想入非非。中秋晚上，雨村孤对明月，吟此诗句。

咏怀一联

【原文】

玉在椟[①]中求善价，钗于奁[②]内待时飞[③]。

【注释】

① 椟（dú）——匣子。
② 奁（lián）——妇女盛妆饰用具的匣子。
③ 待时飞——双关语，一是指等待机会一展抱负；二是指等待贾雨村（贾雨村字“时飞”），即娇杏等待贾雨村发达后来娶她。

【译文】

玉放在柜子里等待高价出售，钗置于奁匣内寻找机会高飞。

【说明】

贾雨村思及自己生不逢时，抱负未展，乃搔首对天长叹，大声吟出此联。意为自己的才能出类拔萃，期待有朝一日飞黄腾达，意中人在深闺等待着自己。

对月寓怀[1] 口号[2] 一绝

【原文】

时逢三五[3]便团圆，满把清光护玉栏[4]。
天上一轮才捧出，人间万姓仰头看。

【注释】

① 寓怀——寄托情怀。
② 口号——又称“口占”，指作诗不用腹稿，脱口而出。
③ 三五——十五日，即月半，此时夜晚月亮最圆。
④“满把”句——月亮把清光遍洒在玉栏杆上，好似护着它。

【译文】

十五的月亮，团团圆圆，
明媚的月光，栏杆洒遍。
天上的明月，刚刚升起，
地上的百姓，仰头观看。

【说明】

中秋夜，甄士隐邀雨村至家中饮酒赏月。明月下，醉意朦胧中，雨村随口吟诵出此诗。后两句表明贾雨村期待时来运转、金榜题名、一举成名天下知的迫切心情，充分暴露了其热衷名利、渴望出人头地的野心。

好了歌

【原文】

世人都晓神仙好，惟有功名忘不了！
古今将相在何方？荒冢[1]一堆草没[2]了。
世人都晓神仙好，只有金银忘不了！
终朝只恨聚无多，及到多时眼闭了。
世人都晓神仙好，只有姣[3]妻忘不了！

君生日日说恩情，君死又随人去了。
世人都晓神仙好，只有儿孙忘不了！
痴心父母古来多，孝顺儿孙谁见了？

【注释】

① 冢（zhǒng）——坟墓。
② 没——埋没。
③ 姣——容貌体态美好。

【译文】

人人都羡慕当神仙好，只是功名割舍不了！
古往今来，将军宰相在哪里？荒坟乱草。
人人都羡慕当神仙好，只是钱财割舍不了！
整天想着多攒点，等到多时，阴曹报到。
人人都羡慕当神仙好，只是漂亮妻子割舍不了！
活着时和你缠缠绵绵，你死后她又跟了别人跑。
人人都羡慕当神仙好，只是儿孙割舍不了！
自古以来，娇惯孩子的父母特别多，可孝顺的儿孙上哪儿去寻找？

【说明】

跛足疯道人所唱的歌，通俗、浅显、易懂。概括了人世间种种愿望（功名、财富、娇妻、子孙）与现实的矛盾，包含深刻的人生哲理。甄士隐在家破人亡、贫病交加时听到此歌，如醍醐灌顶，幡然了悟。

《好了歌》注

【原文】

陋室[①]空堂，当年笏满床[②]，衰草枯杨，曾为歌舞场。
蛛丝儿结满雕梁[③]，绿纱今又糊在蓬窗上。
说什么脂正浓，粉正香[④]，如何两鬓又成霜？
昨日黄土陇头送白骨，今宵红灯帐底卧鸳鸯[⑤]。
金满箱，银满箱，展眼乞丐人皆谤[⑥]。
正叹他人命不长，那知自己归来丧[⑦]！

训有方，保不定日后作强梁[8]。
择膏粱，谁承望流落在烟花巷[9]！
因嫌纱帽[10]小，致使锁枷[11]杠；
昨怜破袄寒，今嫌紫蟒[12]长：
乱烘烘你方唱罢我登场，反认他乡是故乡[13]。
甚荒唐，到头来都是为他人作嫁衣裳[14]！

【注释】

① 陋室——简陋的房舍。

② 笏满床——形容家里人做大官的多。笏，古代大臣上朝拿着的手板，用玉、象牙或竹片制成，上面可以记事。

③ 雕梁——饰有浮雕、彩绘的屋梁，代指豪华的房屋。

④ 脂正浓，粉正香——指女子正处于美好青春时期。

⑤“昨日黄土”句——指生与死、悲与欢的时空转换。黄土陇头，埋死人的场所。

⑥ 谤——指责、毁谤。

⑦“正叹他人”句——指性命无常。

⑧“训有方”句——即使家教甚严，将来也可能做强盗。强梁：强横凶暴，这里是指强盗、暴徒。

⑨“择膏粱”句——选择富贵人家，没想到沦落风尘。择膏粱：选择富贵人家子弟为婚姻对象。膏，肥肉；粱，美谷。膏粱，指精美的食品，引申为富贵之家。烟花，旧时娼妓的代称。烟花巷，妓院。

⑩ 纱帽——古时候的官吏所戴的帽子，这里代指官职。

⑪ 锁枷——旧时囚系罪人的刑具。

⑫ 紫蟒——紫色的蟒袍，古代贵官所穿的公服。

⑬“乱烘烘”句——暗喻大观园不会因为宝玉、黛玉的离去而寂寞，它又会迎来新的主人。这通灵的顽石（宝玉），也在历经人间（他乡）梦幻后，返回青埂峰自己的故乡。

⑭ 为他人作嫁衣裳——给别人在做嫁衣，看别人出嫁高兴。大意是忙忙碌碌促成了别人的好事，自己却两手空空。

【译文】

简陋的房舍，空空的厅堂，当年曾经是笏板满床，
满地的衰草，遍地的枯杨，以前曾经是热闹的歌舞场。

前不久蜘蛛网还结满了画栋雕梁，今日却绿色纱又糊在蓬草窗上。

还说什么青春美丽脂浓粉香，为什么转瞬间就两鬓乌发，染成白霜?

昨天才将逝者掩埋在黄土岗，今夜艳红的帐幔里，就躺着缠缠绵绵的鸳鸯。

金银满箱财源广，一转眼成乞丐遭人们嘲笑讥谤。

正在感叹别人命短，哪料到自己也是一个样!

教子有方，难保他以后不堕落成寇盗强梁。

挑选富贵婆家，谁能想到女儿会倚门为娼，沦落在烟花巷!

因为嫌官小，导致入监牢高墙;

昨天还寒冬只穿破棉袄，可怜兮兮，今天就嫌官袍加身紫蟒太长，得意扬扬。

人生大舞台，你上我下乱哄哄，糊里糊涂把它当成温柔乡。

荒唐，太荒唐，原来都是在为别人瞎忙!

【说明】

甄士隐针对跛足道人的《好了歌》作出注解，随后就随僧道二人飘然离去。此注解内容隐射小说后面的情节，表达了作者对社会现实的愤懑、失望、勘破、决绝之情。

第二回

一局输赢料不真

【原文】

一局输赢料不真[①]，香销茶尽[②]尚逡巡[③]。
欲知目下兴衰兆，须问旁观冷眼人[④]。

【注释】

①“一局输赢”句——以下棋来比喻胜败难料。料不真——猜不透，不能完全确定。

② 香销茶尽——说明历时已久。

③ 逡巡（qūn xún）——因为有所顾虑而徘徊不前或退却。

④ 旁观冷眼人——即俗谓“当局者迷，旁观者清”。“冷”字双关，作者拟“冷子兴”之名演说荣国府，用意明显。

【说明】

本诗在第二回正文的开头，有“诗云”字样。以下棋作比，棋盘上已是残局，喻历时百年的贾府已到末世。这是针对回目“冷子兴演说荣国府”的题意而作的阐发。

赞娇杏[①]

【原文】

偶因一着错[②]，便为人上人[③]。

【注释】

① 娇杏——谐音“侥幸”。

② 一着错——一个错误的行为。“一着”，指下一步棋，如俗语所谓“一

着不慎，满盘皆输”，这里指人的一种行动。“错”，旧时女子私顾外人是不符合封建礼教规范要求的，娇杏偶然因好奇，回头看了贾雨村两眼，所以说“错”。

③ 人上人——指娇杏由一名婢女变成官太太。

【说明】

贾雨村离开甄府进京考中进士，新任知府，路见当年甄家丫鬟娇杏，讨来作了二房。一年后娇杏生了儿子；再半年，雨村嫡妻病故，她就被扶作正室夫人。作者用这两句话来赞她“命运两济”。

智通寺对联

【原文】

身后有余①忘缩手，眼前无路②想回头③。

【注释】

① 身后有余——尚有退路，有回旋余地。
② 眼前无路——碰壁，遇到灾祸。
③ 回头——改悔以前所为，是佛教用语，喻彻悟、皈依。

【译文】

身后有退路时，因为贪欲不愿意缩手；眼看无路可走时，才想起回头(已来不及)。

【说明】

贾雨村当知府不到一年，就因贪酷徇私被革职，在林如海家暂充家塾教师。一日外出郊游，走进名为“智通寺”的破庙，见到一名老僧，庙门两旁是这副对联。大意指一般人的本性是贪得无厌、欲壑难填，不会自动“缩手”的，直至碰得头破血流，悔之已晚。

第三回

荣禧堂对联

【原文】

座上珠玑[1]昭日月，
堂前黼黻[2]焕烟霞。

【注释】

① 珠玑——珍珠、玉石之类。引申常比喻语言、文章的词句十分优美，如“字字珠玑”。

② 黼黻（fǔ fú）——礼服上所绣的华美花纹，借指爵禄、华贵以及辞藻华美等。

【译文】

座位上宾客们佩戴的珠宝玉石如同日月辉煌，厅堂中官员蟒服上的图饰似云霞灿烂。

【说明】

对联有“谈笑有鸿儒，往来无白丁”之意，体现贾府这个“钟鸣鼎食”之家的豪华显贵已极。

西江月[1]·嘲贾宝玉二首

其一（上阕）

【原文】

无故寻愁觅恨，有时似傻如狂。纵然生得好皮囊[2]，腹内原来草莽[3]。
潦倒[4]不通世务，愚顽怕读文章[5]。行为偏僻性乖张[6]，那管世人诽谤[7]！

【注释】

① 西江月——词牌名，双调，一首词分上下两阕。

② 皮囊——外貌，长相。佛家称人的躯壳为臭皮囊。

③ 草莽——杂草，无用之物。这里指不学无术，没学问。

④ 潦倒——举止散漫、率性随意。世务，人情世故。

⑤ 文章——特指儒家经典和八股之类的科举考试书籍。

⑥ 偏僻、乖张——偏僻，与众不同；乖张，不驯服，性情古怪。这里说宝玉言行违背社会公认价值准则，不合儒家中庸之道。

⑦ 诽谤——“诽”是背地议论，“谤”是公开指责。

【译文】

无缘无故地自寻烦恼和埋怨，有时犯傻癫癫狂狂。虽然有个好长相，肚子里却只是乱草一腔。率性随意不懂人情世故，愚昧顽固不愿读圣贤文章。举止奇特性情古怪，哪里管别人的批评诽谤！

其二（下阕）

【原文】

富贵不知乐业，贫穷难耐凄凉。可怜辜负好时光，于国于家无望。

天下无能第一，古今不肖[①]无双。寄言[②]纨绔与膏粱[③]，莫效此儿形状！

【注释】

① 不肖——不像。指子孙不像自己的祖先，特指品行不良、没出息的子弟。

② 寄言——告诉。

③ 纨绔、膏粱——代指富贵人家子弟。纨绔，细绢做的裤子，指衣着华美。膏粱，肥肉和细粮，指精美的饮食。

【译文】

富贵时不知道守住家业，贫穷时又忍受不了酸楚悲凉。可惜辜负了这大好青春时光，对国家无用，家庭靠他也没有指望。全世界笨蛋他第一，古往今来不肖子孙找不到和他一样的。奉劝富贵人家的儿郎，千万别以这熊孩子为榜样。

【说明】

宝黛初见，作者对宝玉的外貌作了一番描绘，接着说："看其外貌最是极好，却难知其底细。后人有《西江月》二词，批的极确。"这里的"批"，不是"批评""批判"，而是下批语、作判断的意思。作者借此诗正话反说，描述贾宝玉的叛逆性格。

赞林黛玉

【原文】

两弯似蹙非蹙罥烟眉①，一双似泣非泣含露目。态生两靥之愁②，娇袭一身之病。泪光点点，娇喘微微。闲静似娇花照水③，行动如弱柳扶风④。心较比干⑤多一窍，病如西子⑥胜三分。

【注释】

① 罥（juàn）烟眉——形容眉毛好看，像一缕轻烟。罥，挂。

②"态生"句——嘴角两边的酒窝显着淡淡的忧愁。靥（yè）——嘴巴两旁的小酒窝儿。

③"闲静"句——安静的时候，就像一株娇艳的花朵倒映在清水中，娴静雅致。

④"行动"句——走动的时候，就像一树柔枝嫩叶的柳条随风飘舞，楚楚动人。

⑤ 比干——商纣王的叔叔，官少师（丞相），因强谏触怒纣王而被处死。这句说黛玉的心还不止七窍，是极言其聪明。

⑥ 西子——即西施，春秋时越国的美女。越王勾践为复国雪耻，将其献给好色的吴王夫差，以乱其政。相传西施心痛时"捧心而颦（皱眉）"，样子很好看。黛玉因"眉尖若蹙"，宝玉呼为"颦儿"，即是此意。

【说明】

宝玉赞黛玉为"神仙似的林妹妹"。宝玉第一眼看到的是弱不禁风、多愁善感，似西施病态美的林黛玉。

第四回

捐躯报国恩

【原文】

捐躯报国恩[1]，未报身犹在。
眼底[2]物多情[3]，君恩或可待。

【注释】

①“捐躯”句——封建官僚口中常说的堂皇话，这里拟贾雨村的口气。
② 眼底——目下；现时。
③ 物多情——风物多情。意思是得到眷顾，机会不错。

【译文】

常思报效国家，哪怕牺牲性命。
苦于怀才不遇，空有智勇躯身。
眼前机会难得，期待君恩降临。

【说明】

全诗以贾雨村的口吻写成。一二句讽刺贾雨村的奸诈虚伪以及对功名利禄的迫切心态，三四句申述遇到攀附权贵借以升官发财的机会，以抨击贾雨村徇情枉法，胡乱判案，企图藉此讨好贾王两家的丑恶嘴脸。

护官符

【原文】

贾不假，白玉为堂金作马。
阿房宫，三百里[1]，住不下金陵一个史。
东海缺少白玉床，龙王[2]来请金陵王。
丰年好大雪[3]，珍珠如土金如铁。

【注释】

① 阿房宫，三百里——阿房宫是秦时营造的建筑，规模极为宏大，以此形容史家的显赫。

② 龙王——古代传说中多以为龙王珠宝极多，非常富有。这里借龙王求请，极言王家的豪富。

③ 雪——谐音“薛”，此句极写薛家的豪奢。

【说明】

薛蟠强抢英莲，打死冯渊。贾雨村从门子提供的这张“护官符”中，得知案情事关“贾史王薛”四大家族，便徇情枉法，乱判此案。“护官符”即“护身符”，如门子所言：如今凡做地方官的都有一个私单，上面写的是本省最有权势极富贵的大乡绅名姓，各省皆然；倘若不知，一时触犯了这样的人家，不但官爵，只怕连性命也难保呢！

第五回

春困葳蕤拥绣衾

春困葳蕤[①]拥绣衾[②]，恍随仙子别红尘。
问谁幻入[③]华胥境[④]，千古风流造孽[⑤]人。

【注释】

① 葳蕤（wēi ruí）——花草茂密下垂的样子，引申为懒洋洋的样子。

② 绣衾——绣花被子。

③ 幻入——梦幻中进入。

④ 华胥境——仙境。

⑤ 造孽——佛教指前世做坏事今生受报应，现在做坏事将来要受报应。泛指干坏事。

【译文】

春意绵绵睡意浓，盖上锦被入梦香。
恍惚跟在仙女后，离开人间富贵乡。
此人究竟知是谁，上得天宫神仙疆？
风流多情传千古，放荡不羁坏儿郎。

【说明】

第五回开篇诗。贾宝玉随贾母到宁国府赏梅，午后犯困，被侄媳妇秦可卿带到自己卧房休息。宝玉梦入太虚幻境，见到一番奇异景象，警幻仙子对他进行一番警示教育。

宁国府上房对联

【原文】

世事洞明皆学问，人情练达即文章。

【译文】

洞悉社会上的种种事态都属于大学问，精通人世间的人情世故就是好文章。

【说明】

宝玉要午休，随秦氏来至上房内间。抬头看见一幅画——《燃藜图》，心中不快。再看画旁的这副对联，就“断断不肯在这里”歇息了。画与对联相辅相成，都是劝学，走“仕途经济”之路，宝玉性格叛逆，所以很反感，不愿意在此逗留。

秦可卿卧室宋学士秦太虚所书对联

【原文】

嫩寒[①]锁梦[②]因春冷[③]，芳气笼人[④]是酒香。

【注释】

① 嫩寒——微寒。
② 锁梦——梦不成，睡不着。
③ 春冷——双关语，既指天气，也喻青春孤单寂寞。
④ 笼人——人被笼罩、被吸引。

【译文】

春天的余寒尚未褪尽，睡梦中弥漫着淡淡的凉气；芬芳的气息扑面而来，那是美酒浓浓的醇香。

【说明】

这是宝玉在秦可卿卧房所见，明代著名画家唐伯虎画的《海棠春睡图》两边的对联。此处意在渲染男欢女爱场景。

春 梦 歌

【原文】

春梦随云散[1]，飞花逐水流[2]，
寄言[3]众儿女，何必觅闲愁[4]。

【注释】

①“春梦”句——梦中好景犹如彩云一样消逝，喻欢乐苦短。春梦，喻男欢女爱。

③“飞花”句——喻青春短暂，红颜命薄。飞花，落花。逐水流，追逐流水而去。

③ 寄言——寄语、带信、告诉。

④ 闲愁——多余的烦恼、痛苦。

【译文】

青春好梦如浮云，娇艳花落随水漂。
奉劝痴情众儿女，何必自寻那烦恼。

【说明】

宝玉在秦可卿卧房午休，梦中进入幻境，听到有女子吟唱的这首歌歌词。作者借此预言好景不长，将来大观园众女儿花飞云散、香消玉殒的命运。

警幻仙姑赋[1]

【原文】

方离柳坞，乍出花房[2]。但行处，鸟惊庭树；将到时，影度回廊[3]。仙袂乍飘兮，闻麝兰之馥郁[4]；荷衣欲动兮，听环佩之铿锵[5]。靥笑春桃兮，云堆翠髻[6]；唇绽樱颗兮，榴齿含香[7]。纤腰之楚楚兮，回风舞雪[8]；珠翠之辉辉兮，满额鹅黄[9]。出没花间兮，宜嗔宜喜[10]；徘徊池上兮，若飞若扬。蛾眉颦笑兮，将言而未语；莲步乍移兮，待止而欲行[11]。美彼之良质兮，冰清玉润；

羡彼之华服兮，闪灼文章[12]。爱彼之貌容兮，香培玉琢[13]；美彼之态度兮，凤翥龙翔[14]。其素若何，春梅绽雪。其洁若何，秋菊被霜。其静若何，松生空谷。其艳若何，霞映澄塘。其文若何，龙游曲沼[15]。其神若何，月射寒江。应惭西子，实愧王嫱[16]。奇矣哉，生于孰[17]地，来自何方，信矣乎[18]，瑶池不二，紫府[19]无双。果何人哉？如斯之美也！

【注释】

① 赋——古代文体，兼具诗歌、散文性质，讲究文采、韵节。始于战国，盛行于汉代。

② 柳坞——柳树成林如屏障。坞，四面高中央低的处所。乍，刚，起初。

③ 但行处——只要经过的地方。鸟惊庭树，指仙姑容貌美丽，树上的鸟儿见了都受惊；影度回廊，身影在曲廊移动。

④ 袂——衣袖。麝兰，香料、香草；馥郁，芳香浓烈。

⑤ 荷衣——用荷花制作的衣裳（仙人所穿）。环佩，女子所佩的玉饰，多配于膝部以下，用来压裙脚。

⑥ 靥笑春桃——含笑的脸庞艳若春天的桃花。云堆翠髻，乌黑的发髻像云一样堆起。翠，黑。

⑦ 唇绽樱颗——嘴唇像绽开的樱桃，即俗称樱桃小口。榴齿，牙齿如石榴籽一样（雪白）。

⑧ 楚楚——好看，楚楚动人之意。回风舞雪，雪花随风轻逸飘舞，形容女子身姿柔美蹁跹的样子。

⑨ 鹅黄——古代女子的脸上的装饰法，在前额发际涂上黄色。又称“贴黄”“花黄”。

⑩ 宜嗔宜喜——不论生气还是高兴，都很美。

⑪ 蛾眉——像蚕蛾触须（细长而弯曲）的眉毛。颦，皱眉头；莲步，美女的脚步。

⑫ 文章——花纹。

⑬ 香培玉琢——香料造就，美玉雕成。

⑭ 凤翥（zhù）龙翔——龙凤翱翔。翥，振翼而上，高飞。

⑮ 龙游曲沼——传说龙耀五彩，所以以游龙为喻。沼，池子。

⑯ “应惭”句——（仙女）容貌美丽，应使西施、王昭君自愧不如。

⑰ 孰——何。

⑱ 信矣乎——真的呀！

⑲ 瑶池、紫府——神话中的仙境。

【译文】

刚离开柳林，才走出花圃。庭院行走时，惊起树上的鸟儿；到近前，倩影在回廊缓缓移动。衣袖才飘起，就散发出麝香和兰花的浓郁的香气；荷叶似的衣服摆动，就听到金玉碰击之声铿锵。含笑时，脸上酒窝儿似春天盛开的桃花，乌黑的发髻像堆积的云朵；红红的小嘴似熟透的樱桃，洁白的牙齿像石榴籽一样，含着芬芳。纤细的腰肢楚楚动人，像风中回旋的雪花舞动；头上的珍珠翡翠熠熠发光，额头上点缀着美丽的鹅黄。出没于花丛中，怒、笑都美丽；徘徊在池塘边，像是在飘飘飞扬。细细的眉毛，似蹙似笑，好像会说话；轻盈的脚步，像已停下，又像在前行。美慕你的好品质，像冰一样清纯，像玉一样圆润；美慕你的华贵衣裙，闪耀着夺目的光彩。喜爱你的颜容，像香料塑就、美玉琢成；赞美你的风度，像凤凰起舞，蛟龙翱翔。你的素雅像春梅在瑞雪中绽放。你的纯洁像秋菊披上白霜。你的文静像幽静山谷里的青松。你的艳丽像照映青碧池塘的红霞。你的文采像湖水里左右游动的蛟龙。你的神态像照射着秋江的月光。你让西施感到惭愧，昭君也比不上你。神奇呀，你生于何地，来自何方；真的呀，瑶池找不到第二个，紫府里也没有一双。你是谁呀？如此美丽的女郎。

【说明】

描写宝玉在秦可卿卧房午休，梦中遇见的警幻仙姑姿容。作者用许多华丽的辞藻，极力渲染仙女的美貌。

孽海情天① 对联

【原文】

厚地高天②，堪叹古今情不尽③，
痴男怨女④，可怜风月债⑤难偿。

【注释】

① 孽海情天——世人陷入情爱纠葛，带来无尽烦恼。孽，佛教把罪恶的根源称为“孽”。孽海，沉沦于罪恶之中。

② 厚地高天——天高地厚，指宇宙天地之大。

③ 情不尽——指男女情爱太深。
④ 痴男怨女——指沉湎于情爱不能自拔的人。
⑤ 风月债——指两性间的情感纠葛。

【译文】

天地无边无际，可叹的是古今人们情丝总是剪不断，
男女迷恋情感，可怜的是情爱追求欠账永远难偿还。

【说明】

梦中宝玉随警幻仙姑到一座宫门，上面横书四个大字——“孽海情天”，又看到门两旁这副极具警示意味的对联，意在警示宝玉，使其“觉悟”，走科举仕途经济之路。

薄命司[1] 对联

【原文】

春恨秋悲皆自惹，花容月貌为谁妍[2]？

【注释】

① 司——中国古代官署的名称。
② 妍（yán）——美丽。

【译文】

春来秋往，怨恨悲愁是自找，
花容月貌，妩媚鲜艳为谁俏？

【说明】

宝玉在太虚幻境，看到两边配殿挂着许多匾额，这是其中的“薄命司”两旁的对联。“薄命司”取“红颜薄命”之意，预示大观园众女儿无论贵贱、智愚、美丑，都将命运凄惨。

金陵十二钗又副册图及判词（两人）

【说明】

“钗”，旧时女子代称。“十二钗”即十二位女子。“判词”，断语、结论。贾宝玉随警幻仙姑在太虚幻境薄命司看到一大橱，内有金陵十二钗册子，分又副册、副册、正册，上面有一些图画和题词。作者通过这些图谶（以绘图方式预示未来）和诗谶（诗词内容隐含对人物未来命运的预兆）对全书主要女性人物的最终结局作出预设。

其一 晴雯

【画】又非人物，也无山水，不过是水墨滃染的满纸乌云浊雾而已[①]。

【判词】

霁月难逢[②]，彩云易散[③]，心比天高，身为下贱，风流灵巧[④]招人怨。寿夭多因诽谤生，多情公子[⑤]空牵念。

【注释】

① 喻晴雯险恶的生存环境。滃染，中国绘画技法一种，即用水墨淡彩润画面，不露或少露笔痕。滃，云气腾涌的样子。染，把东西放在颜料里使着色。

② 霁月——雨过天晴后的明月，隐“晴”字。“难逢”喻晴雯这样的好姑娘难以找到，同时又有“生不逢时”、命运不好之意。

③ 彩云——云呈彩叫“雯”。“易散”暗示晴雯命不长久。

④ 风流灵巧——容貌美丽，心灵手巧。

⑤ 多情公子——指贾宝玉。

【译文】

雨后天晴，皎洁的明月难得一见，美丽的云霞容易飘散。身为奴婢，心志高于天，地位却低贱。貌美心灵手巧，会招来别人的嫉恨。短命夭亡主要是因为被人造谣诬陷，多情的公子哥儿，也只能白白地牵挂怀念。

【说明】

晴雯貌美手巧，性情刚烈。但身为丫鬟，地位低下，最终被陷害赶出贾府，凄惨而死。

其二　袭人

【画】一簇鲜花，一床破席[①]。

【判词】

枉自[②]温柔和顺，空云[③]似桂如兰。
堪羡优伶有福[④]，谁知公子[⑤]无缘。

【注释】

① 喻花袭人。
② 枉自——白白地，徒然地。
③ 空云——不用说，与“枉自”大意相同。
④“堪羡”句——蒋玉菡有福，最终娶袭人为妻，值得羡慕。优伶，旧时唱戏艺人，这里指蒋玉菡。
⑤ 公子——贾宝玉。

【译文】

性情温柔和顺也是枉然，品貌似桂如兰还是白费。
真羡慕那位戏子有福气，谁能想到富贵公子反而没缘分。

【说明】

袭人原名珍珠，她和晴雯原来都是贾母身边的丫头，后被派去服侍宝玉。宝玉因她姓花，便根据陆游“花气袭人知昼暖”诗句将其改名为花袭人。与晴雯不同，袭人性情随和，处事小心，并且和宝玉有过性爱关系，却阴差阳错，最后嫁给了蒋玉菡。

金陵十二钗副册图及判词（香菱一人）

【画】一株桂花，下面有一池沼，其中水涸泥干，莲枯藕败[①]。

【判词】

根并荷花一茎香[②]，平生遭际实堪伤！
自从两地生孤木[③]，致使香魂返故乡[④]。

【注释】

①“桂花”指夏金桂。“水涸泥干”是指适合香菱生存的环境极为恶劣。“莲枯藕败”，喻甄英莲（香菱）的生命枯萎、死亡。

②“根并”句——点出香菱名字。香菱原名英莲，莲就是荷，菱与荷同生水中，根在一起。

③ 两地生孤木——拆字法，“两地”即两个“土”，两个土加一个孤木，组合起来便是“桂”字，指薛蟠之妻夏金桂。

④ 香魂返故乡——指香菱（被夏金桂折磨而死）。迷信说法：人从阴间托生而来，死后再回到阴间，即如同回到故乡老家。

【译文】

菱花和荷花根茎在一起，一样芳香；一生的遭遇实在令人同情忧伤。
自从含“桂”字的人来到，柔嫩的鲜花儿，很快就遭殃。

【说明】

和晴雯、袭人一样，香菱也是丫头奴婢身份，但她又是小财主甄士隐的女儿，既不能和贵族小姐相比进入“正册”，又比纯粹奴婢出身的晴雯等高贵，所以被作者安排在介于主奴之间，即“正册”与“又副册”之间的“副册”上。

金陵十二钗正册图及判词（十一篇）

（1）黛钗

【画】两株枯木，木上悬着一围玉带，又有一堆雪，雪下一股金簪[①]。

【判词】

可叹停机德[②]，堪怜咏絮才[③]。
玉带林中挂[④]，金簪雪里埋[⑤]。

【注释】

①“两株枯木”，二木为“林”字，枯木，喻黛玉命终。“玉带”倒着念即黛玉。“雪”，谐音“薛”，金簪指宝钗。

② 停机德——出自《后汉书·列女传》，说的是燕国乐羊子远出求学，突然中断学业跑回家里，正在织布的妻子看到他回来，拿起剪刀就把正在织的布剪断了，以告诫乐羊子读书求取功名应持之以恒，不可半途而废。后来乐羊子妻就成了贤惠妻子的代表。这里指薛宝钗的贤良淑德。

③ 咏絮才——出自《世说新语》，指的是东晋女诗人谢道韫的典故。下雪天，叔父谢安召集众子侄论文义，不久雪骤，谢安问：“何所似也?”谢朗答：“撒盐空中差可拟”；谢道韫答：“未若柳絮因风起”。谢安大为称赏。后人便把在诗文创作方面卓有才华的女子赞誉为“咏絮之才”，谢道韫也成了才女的代表。这里指林黛玉的才华。

④ 玉带林中挂——喻林黛玉早逝。“玉带林”倒过来读即林带玉（林黛玉）。

⑤ 金簪雪里埋——金簪埋在大雪里，喻薛宝钗之“冷”及悲剧结局。

【译文】

可叹一个有乐羊妻的美德，可惜一个有谢道韫那样的奇才；
玉带却挂在林中的枯树枝上，金钗竟然被冰冷的雪堆掩埋。

【说明】

薛宝钗和林黛玉，德与才、胖与瘦、柔与刚、藏愚守拙与锋芒毕露分别相对应，结局都是“可叹”“堪怜”：一个是冷冷清清新婚守寡，一个是凄凄惨惨青春早亡，都是作者笔下悲剧的主角。

(2) 贾元春

【画】一张弓，弓上挂一个香橼①。

【判词】

二十年来②辨是非，榴花开处照宫闱③。
三春争及初春景④，虎兕相逢大梦归⑤。

【注释】

① 弓——“宫”的谐音；橼，“元”的谐音。喻后宫中的皇妃贾元春，生活在刀光剑影之中。

② 二十年——非确指。如唐代诗人张祜的《宫词》：故国三千里，深宫二十年。一声何满子，双泪落君前。

③“榴花”句——火红的榴花映照宫闱。指贾元春得宠，地位显赫。

④“三春”句——春天的景色以初春最美。喻其他三姐妹（迎春、探春、惜春）都赶不上元春（初春）的荣华富贵。“争及”即为“怎及”

⑤“虎兕（sì）”句——宫中血腥争斗，元春死亡。虎、兕（sì）均为凶猛动物。大梦归，指死亡。

【译文】

二十年来看透了是是非非，石榴花火红，照耀在后宫。
三春的景色哪有初春美，虎与兕狭路相逢，必有死的伤悲。

【说明】

贾元春是贾政的长女，先是以“贤孝才德”被选入宫做了“女史”（宫中女官名），后被晋封为“凤藻宫尚书”，加封“贤德妃”，成为贾府最大的靠山。元春一死，原靠祖宗功名支撑的贾府基业迅即土崩瓦解。

（3）贾探春

【画】两人放风筝，一片大海，一只大船，船中有一女子作掩面泣涕之状[①]。

【判词】

才自[②]精明志自高，生于末世[③]运偏消。
清明涕送江边望，千里东风一梦遥[④]。

【注释】

① 风筝，暗指探春远嫁。大海、大船说明探春要嫁到海外。女子，指探春。掩面泣涕，说明悲痛不已。

② 自——原本。

③ 末世——指贾家已处于衰败势微阶段。

④“千里”句——指探春远嫁海外，天高路远，只能与亲人在梦中相见了。

【译文】

纵有聪明之才志向高远，生在这衰败之家，命运就不妙。
清明时节江边洒泪相送别，春风浩荡远隔千里，家乡像梦一样遥不可及。

【说明】

贾探春在“贾府四春”中排行老三，又称“三姑娘”，是贾政的妾赵姨娘所生，后来远嫁海外。探春是贾家姑娘中最聪明、最能干的一位，曾有一段时间代凤姐管理大观园。

(4) 史湘云

【画】几缕飞云，一湾逝水①。

【判词】

富贵又何为，襁褓之间父母违②。
展眼吊斜晖③，湘江水逝楚云飞④。

【注释】

① 暗指湘云之名。云“飞”，水“逝”，不妙！

②“富贵”句——富贵又有什么用，自幼就失去了父母。襁指婴儿的带子，褓指婴儿的被子。襁褓，指包裹婴儿的被带。违，丧失、失去。

③“展眼”句——大意为“夕阳无限好，只是近黄昏”。展眼，一瞬间。吊，凭吊，对景伤感。斜晖，指傍晚西斜的阳光。

④“湘江”句——喻史湘云婚后美满婚姻的短暂，暗含了湘云的悲剧命运。句中藏“湘”“云”两字。湘江是娥皇、女英二妃哭舜之处；楚云，指男女欢情，出自宋玉《高唐赋》中楚襄王梦见能行云作雨的巫山神女典故。

【译文】

富贵又能怎么样？刚生下来就没了爹娘。
晚霞在瞬间，落日剩余晖。湘江水远去，楚天云高飞。

【说明】

史湘云是贾母的侄孙女，自幼父母双亡，跟随叔嫂生活，长大后可能有一段美好却短暂的婚姻生活。

（5）妙玉

【画】一块美玉[①]落在泥垢之中。

【判词】

欲洁何曾洁？云空未必空[②]。
可怜金玉质，终陷淖泥中[③]。

【注释】

① 美玉——指妙玉。

② 空——消除欲望，斩断情丝，视世界为虚无之意。所以出家又叫“遁入空门”。

③ 淖泥——和画中的“泥垢”一样，都是喻不洁之地。

【译文】

心想一尘不染，哪里能够做到？口说四大皆空，未必真能看空。
可怜这千金小姐晶莹美玉，最终落入肮脏的泥潭之中。

【说明】

妙玉看起来有洁癖，也有洁身自好之意，不愿意与世俗之人来往，实际上却“带发修行”，六根未尽。所以说是不洁、不空，虽为方外之人还是会为凡尘俗世惊扰。更为悲摧的是，这样一个如花似玉的人，最终偏偏落在泥垢之中（被强盗掳走）。

（6）贾迎春

【画】一恶狼追扑一美女，欲啖[①]之意。

【判词】

子系[②]中山狼，得志便猖狂。
金闺花柳质[③]，一载赴黄粱[④]。

【注释】

① 啖（dàn）——吃。

② 子系——两种理解：一指“你是”，子，你；系，是。二是用拆字法，子和系合起来就是繁体的“孫”字，指迎春的丈夫孙绍祖。

③ 花柳质——指体态美丽柔弱。

④ 赴黄粱——喻死亡。

【译文】

你就是一匹忘恩负义的恶豺狼，一旦得志就横行猖狂。可怜名门闺秀弱女子，一年就被折磨夭亡。

【说明】

迎春在“贾府四春”中排行老二，为贾赦之女，生性懦弱。父亲贾赦不听人言，迎春被嫁给孙绍祖（中山狼），遭受丈夫的凌辱与虐待，最终是“一载赴黄粱”（一年时间就身亡）。

（7）贾惜春

【画】一座古庙，里面有一美人在内看经独坐。

【判词】

勘破[①]三春[②]景不长，缁衣[③]顿改昔年妆。
可怜绣户侯门女，独卧青灯古佛[④]旁。

【注释】

① 勘破——观察清楚，看破。

② 三春——一是指春天的三个时段：春季三个月农历正月称孟春，二月称仲春，三月称季春。二是指惜春的三个姐姐（元春、迎春、探春）。

③ 缁（zī）衣——指尼姑穿的黑色的衣服。

④ 青灯古佛——指庵里的清冷景象。

【译文】

看透了春光无限却好景不长，立刻改穿僧衣卸下先前的红妆。
可怜这名门望族人家的乖乖女，古佛青灯相伴，凄凄凉凉。

【说明】

贾惜春在“贾府四春”中排行最小，是宁国府贾敬之女，贾珍的妹妹。惜春虽然出身富贵人家，但看清了三个姐姐（元春、迎春和探春）的不幸遭遇，遂改掉了往年的衣装打扮，穿上出家人的衣服，决心远离是非，出家为尼。

（8）王熙凤

【画】一片冰山，上有一只雌凤①。

【判词】

凡鸟②偏从末世来，都知爱慕此生③才。
一从二令三人木④，哭向金陵事更哀⑤。

【注释】

① 冰山，表面坚硬却易融化。雌凤指王熙凤，凤本为雄性，王熙凤乃女中豪杰，相当于今天所说的“女汉子”，故有此喻。雌凤立在冰山上，不妙！

② 凡鸟——拆字法，组合起来是繁体的“鳳”字，即指王熙凤。

③ 生——本指男人，这里指王熙凤。因凤姐“自幼假充男儿教养”，“十个会说话的男人也说她不过”。

④ 一从二令三人木——两种解法：一是指丈夫贾链对凤姐的态度变化三个阶段。婚后先“从”，贾琏对她百依百顺；后来对她渐渐冷淡，二令，解为“冷”字；最后是休弃，“人木”是拆字法，组合起来是“休”字。也就是说，贾琏最终是休弃了王熙凤，高鹗续写部分关于王熙凤的结局与此不符。二是指自从冷落了姓秦的人。一从，自从。二令，冷。三人木，拆字法应为“秦”。秦可卿死前曾托梦给王熙凤，警示她在家族衰败前早作谋划，可王熙凤置若罔闻，依旧贪财害命，最终是贾府大厦倾覆，自己身败名裂而亡。王熙凤和贾琏夫妻后来关系紧张，贾府被抄，凤姐被休弃最终惨死，似乎也合乎逻辑，但凤姐作为荣国府当家人，对秦可卿临终嘱咐置之脑后，一味地飞扬跋扈、包揽词讼、放贷渔利、害人性命，是贾府衰亡的重要原因。纵观全书，第二种解法应该更符合作者原意。

⑤ 哭向金陵事更哀——与以上相对应也有两种理解：一是指王熙凤被休弃后哭着回娘家的悲哀的写照，在当时封建社会中，女子被丈夫休弃是非常

悲惨的。二可理解为因不听秦可卿警言，落得家败人亡的悲惨境地。“哭向金陵”意同“回故乡”，即死亡。因为金陵十二钗的故乡在金陵。

【译文】

凤凰你偏偏从末世到来，大家都佩服你是个管家理事的干才。自从冷落了姓秦的美人儿，死前遥望家乡哭泣，更是悲哀。

【说明】

王熙凤生在“龙王来请金陵王”的王家，嫁于荣国府贾琏为妻，作为荣国府总管家时，贾氏家族鼎盛时期已过，正趋于衰亡。凤姐聪明伶俐、精明干练，是“脂粉堆里的英雄”；但又贪得无厌、心性歹毒。最终随着贾府的败落，也凄惨地结束了自己短暂的一生。

（9）巧姐

【画】一座荒村野店，有一美人在那里纺绩①。

【判词】

势败休云贵，家亡莫论亲②。
偶因济刘氏，巧③得遇恩人。

【注释】

①“荒村野店”应指刘姥姥家，“美人”即巧姐。暗示巧姐的最终结局是做一名勤劳操持的农家妇女。纺绩，把丝麻等纤维纺成纱或线。

②“势败”两句——暗示巧姐在贾府败亡后，经历了一番磨难，其中还有所谓的“亲人”出坏主意（卖巧姐）。

③ 巧——双关语，一是巧合，二指巧姐。

【译文】

权势没了，别再说出身高贵；家业败亡，别依仗亲戚照应。
因为偶然接济刘姓老太太，没料想，她倒是感恩帮忙，胜过亲人。

【说明】

巧姐是王熙凤和贾琏的独生女，因王熙凤偶然接济了贫穷的村妇刘姥姥，在贾府败亡时，刘姥姥知恩图报，出手救了巧姐。

（10）李纨

【画】一盆茂兰，旁有一位凤冠霞帔的美人①。

【判词】

桃李春风结子完②，到头谁似一盆兰③？
如冰水好空相妒④，枉与他人作笑谈⑤。

【注释】

①“茂兰”，代指贾兰，李纨之子。凤冠霞帔，古代贵族女子和受朝廷诰封的命妇的装束。“美人”指李纨。

②“桃李”句——丈夫贾珠死了以后，本来是青春年少的李纨就如春天开过的桃花、李花一样结完果实（生下儿子贾兰）就凋谢了。“李”和“完”喻指李纨的名字。“完”谐音“纨”，也暗示她生了孩子（结子）不久即守寡。

③“到头”句——偌大的贾府，到头来，谁又能和贾兰比呢？指贾兰后来加官晋爵。

④ 如冰水好——李纨青春丧偶，尊礼守节，“槁木死灰”一般，默默无闻。这种品德在当时看来是像冰水一样的洁净美好。

⑤“枉与”句——李纨一生的愿望虽然已经实现，但是无奈死期也到了，白白逝去了大好青春，成为封建礼教的殉葬品，被别人当作笑谈。

【译文】

娇艳的桃李花春风里结了籽就凋落，到头来谁也不如这盆兰草茂盛常年。说什么冰清玉洁贞妇烈女，其实不值得羡慕嫉妒，只不过是死后多了一份荣耀，让人们笑谈。

【说明】

李纨与贾政长子贾珠结婚后生子贾兰，不久丈夫离世，李纨年轻守寡，恪守妇道，抚养儿子成才。后来贾兰读书取得功名，当上大官，其母李纨也因此受诰封，母以子贵。却不料死期已近，一切都是虚幻，只能是他人茶余饭后的谈资。

（11）秦可卿

【画】高楼大厦，有一美人悬梁自缢[1]。

【判词】

情天情海幻情身[2]，情既相逢必主淫[3]。
漫言不肖皆荣[4]出，造衅开端实在宁[5]。

【注释】

① 高楼大厦"，指天香楼。一般认为原稿秦可卿是淫丧，因与公公贾珍偷情丑事暴露，在天香楼上吊自杀。后来作者听了畸笏叟的建议，进行删改，所以后文中秦可卿是病死。但此处画及判词未作相应更改，故作品中前后矛盾。

②“情天”句——“情天情海”指男女相思之情，似天之广，如海之深；“幻情身”，幻化出一个象征着风月之情的女身，暗示警幻仙姑就是秦可卿所幻化的形象。

③“情既相逢”句——暗示秦可卿与公公贾珍的不正当关系。

④ 荣——指荣国府。

⑤“造衅”句——坏事的开端实是在宁国府。衅：事端。“宁”指宁国府。

【译文】

风月之情虚幻，如天高海深；两情相悦，必然导致纵欲迷情。不要说不肖子孙都出自荣国府，首先堕落败家的实际上是宁国府。

【说明】

秦可卿是宁国府贾珍的儿媳妇、贾蓉的妻子，也是贾母重孙媳妇中第一得意之人。秦可卿乳名兼美，即兼具钗黛之美貌：“其鲜艳妩媚，有似乎宝钗，风流袅娜，则又如黛玉”。秦可卿的早亡，暴露出以此为开端，贾府的全面腐败堕落。

红楼梦曲（十二支，共十四首）

【说明】

宝玉梦游太虚幻境，受到警幻仙姑的款待，闻“群芳髓”香气，喝“千红一窟”茶，饮“万艳同杯”酒，接着又听了特地为他演唱的《红楼梦曲》。

（1）引子

【原文】

开辟鸿蒙[①]，谁为情种[②]？都只为风月[③]情浓，趁着这奈何天[④]、伤怀日、寂寥时，试遣愚衷[⑤]。因此上，演出这怀金悼玉[⑥]的《红楼梦》。

【注释】

① 鸿蒙——天地未分时的原始混沌状态。
② 情种——爱情的种子；感情特别丰富的人；痴情的男子。
③ 风月——指男女情爱。
④ 奈何天——无可奈何的时光。
⑤ 遣——排遣。愚，自谦词。衷，衷曲，情怀。
⑥ 怀金悼玉——怀念宝钗，哀悼黛玉。“金”指代薛宝钗；“玉”，指代林黛玉，这里泛指以钗黛为代表的大观园里的众女儿。

【译文】

自盘古开天辟地以来，是谁播下这爱情的种子？都在为身陷风情月债而缠绵纠结。趁着这无可奈何的天空、伤感怀念的日子、寂寞孤单的时刻，尝试排遣我郁闷的心胸。正因为如此，才上演出这些怀念伤悼那些美丽女孩不幸命运的《红楼梦》曲。

【说明】

宋元说唱艺术在演唱时的第一个曲子通称引子，用以概说此曲创作的缘由。此引子奠定了全部《红楼梦》曲的情感主题及悲情、伤感基调。

（2）终身误

【原文】

都道是金玉良姻[①]，俺只念木石前盟[②]。空对着，山中高士晶莹雪[③]；终不忘，世外仙姝[④]寂寞林。叹人间，美中不足今方信：纵然是齐眉举案[⑤]，到底意难平。

【注释】

① 金玉良姻——特指宝玉与宝钗的婚姻。薛宝钗的金锁“是个癞头和尚送的”，上面所錾的两句吉利话与贾宝玉出生时衔来的那块通灵玉上篆文“是一对儿”。薛姨妈也说“金锁是个和尚给的，等日后有玉的方可结为婚姻”。

② 木石前盟——宝、黛生前有一段缘分和盟约：绛珠仙子为酬报神瑛侍者以甘露灌溉其前身绛珠草之恩，要随之到人间，把“一生所有的眼泪还他”。第三十六回宝玉曾在梦中喊骂“什么是金玉姻缘，我偏说是木石姻缘”。

③“空对”句——意思是说宝玉与宝钗虽为夫妻而没有爱情。雪，“薛”的谐音，指薛宝钗，兼喻其冷。山中高士，指品性高洁、时时令宝玉仰视的宝钗。

④ 世外仙姝——指林黛玉。林黛玉前生为天上的绛珠仙子。姝，美女。

⑤ 齐眉举案——《后汉书·梁鸿传》：梁鸿家贫，但妻子孟光对他十分恭顺，每次送饭给他时都把食盘举得同眉毛一样高。后因以“举案齐眉”为妇道的楷模。案，有足的小食盘。

【译文】

都说金玉相配婚姻最美满，可我只对前世的木石盟约念念不忘。虽有冰肌玉骨德艺双馨的美人儿相伴，却毫无情趣；让我魂牵梦萦的，只有我天上掉下的林妹妹。一声叹息！这人世间许多遗憾，现在终于弄明白：即使是夫妻相敬如宾，也是心有千千结，永远无法平静。

【说明】

这首曲子写宝、黛、钗三人之间爱情、婚姻的纠葛与不幸。宝玉与宝钗婚后徒有“金玉良姻”的虚名，对死去的林黛玉念念不忘。曲名《终身误》实际上误了三人：黛玉泪尽而逝；宝玉出家；宝钗青春守寡，终身寂寞。

(3)枉凝眉[①]

【原文】

一个是阆苑仙葩[②],一个是美玉无瑕[③]。
若说没奇缘,今生偏又遇着他;
若说有奇缘,如何心事终虚化[④]?
一个枉自嗟呀,一个空劳牵挂[⑤]。
一个是水中月,一个是镜中花[⑥]。
想眼中能有多少泪珠儿,
怎经得秋流到冬尽、春流到夏!

【注释】

① 枉凝眉——意思是悲愁有何用。凝眉,皱眉,悲愁的样子。

② 阆苑仙葩——指林黛玉,她本是灵河岸上三生石畔的绛珠仙草。阆(làng)苑,传说中神仙所住的地方。仙葩(pā),仙花。

③ 美玉无瑕——指贾宝玉。他本是赤瑕宫的神瑛侍者(瑛,玉之光彩,也代指玉)。瑕,玉的疵斑。

④ 虚化——成空,化为乌有。

⑤“一个”二句——前面的“一个”指林黛玉,后面的“一个”指贾宝玉。

⑥ 水中月、镜中花——指虚幻、不现实。这里所说的“一个”,是修辞手法,合在一起理解。

【译文】

一个是天界鲜花,一个是无瑕美玉。
如果说没有神奇缘分,今生今世,茫茫人海中为什么偏偏相遇?
如果说有神奇缘分,为什么一腔热情冰消雪化?
一个在徒然悲叹,一个在空费心思牵挂。
如同水中的月亮,镜中的花儿。
试想她眼中有多少泪水,
怎么经得起不停地流淌,一年四季,从秋到冬,从春到夏!

【说明】

写宝、黛的美好爱情理想在残酷的现实面前最终破灭，林黛玉泪尽而逝，贾宝玉绝望出家。

（4）恨无常①

【原文】

喜荣华正好②，恨无常又到③。眼睁睁，把万事全抛；荡悠悠，把芳魂消耗④。望家乡，路远山高，故⑤向爹娘梦里相寻告：儿命已入黄泉，天伦⑥呵，须要退步抽身早！

【注释】

① 无常——佛家语言，原指人世一切即生即灭、变化无常，没有永恒存在的东西，人的生命也是如此。民间又有“无常鬼”说法，指阎王派来夺人性命的鬼怪。这里两种理解均可。

② 喜荣华正好——指贾元春入宫为妃，贾家因此成为皇亲国戚。

③ 恨无常又到——指贾元春之死。

④ 芳魂消耗——指元春的鬼魂忧伤憔悴。

⑤ 故——特地、特意。

⑥ 天伦——古代用作父子、兄弟等家庭成员的代称，这里是父母的意思。

【译文】

尊贵荣华得意时，勾魂无常却来到。

眼睁睁地只能一切抛掉；飘飘荡荡，芳魂艳魄离去了。

回首望家乡，阴阳相隔，路远山高。

特意托梦把爹娘劝告：孩儿已经赴阴曹地府，父母呀，赶紧急流勇退远灾祸，越早越好！

【说明】

这支曲子是唱贾元春的。元春当了贵妃，但“荣华”短暂，忽然夭亡。曲名“恨无常”，兼有感叹人生无常及元春早亡两层意思。

（5）分骨肉[1]

【原文】

一帆风雨路三千[2]，把骨肉家园齐来抛闪。恐哭损残年，告爹娘，休把儿悬念。自古穷通[3]皆有定，离合岂无缘？从今分两地，各自保平安。奴去也，莫牵连。

【注释】

① 骨肉——指父母儿女之间的关系。曲名“分骨肉”，是与亲人分离的意思。

②“一帆”句——指贾探春远嫁。帆，借指船；风雨，喻路途劳苦、险恶；路三千，遥远，并非实指。

③ 穷通——穷困和显达。

【译文】

风雨兼程，坐船去那遥远的地方，亲人和家园难以再相见。风烛残年的父母啊，孩儿担心你们哭坏了身体。敬告我的爹娘呀：别担心，勿惦念。自古至今，倒霉和走运都有命中所定，分离与团聚又怎么没有前世缘分？今后两地守望，各自多保重，愿事事平安。孩儿走啦，不要再牵挂流连。

【说明】

这首曲子是唱贾探春的。探春后来远嫁海外，古代交通和通信不发达，女孩远嫁是件无可奈何、悲伤的事。

（6）乐中悲[1]

【原文】

襁褓中，父母叹双亡[2]。纵居那绮罗丛[3]，谁知娇养？幸生来，英豪阔大宽宏量，从未将儿女私情略萦心上。好一似，霁月光风耀玉堂[4]。厮配得才貌仙郎[5]，博得个地久天长。准折得幼年时坎坷形状[6]，终久是云散高唐，水涸湘江[7]。这是尘寰中消长数应当[8]，何必枉悲伤？

【注释】

① 曲名“乐中悲”，意为欢乐中潜伏悲哀。

② 父母叹双亡——叹父母双亡。更改字序是押韵需要。

③ 绮罗丛——富贵家庭。绮罗，丝绸织物，只有富贵人家才有条件享用。

④ 霁月光风——雨过天晴时的月明风清景象，喻史湘云胸怀开朗。光风，清爽的风；玉堂，华贵的建筑。

⑤ 厮配——相配。仙郎，神仙一样的男人。

⑥“准折得”句——准，料想、打算；折得，抵销得；坎坷，道路不平的样子，喻曲折多难。

⑦ 云散高唐，水涸湘江——两句中藏有“湘云”二字，又说“云散”“水涸”，指湘云早寡。

⑧“这是尘寰中”句——尘寰，尘世，人世间。消长，消失和增长，犹言盛衰。数，命数，气数。

【译文】

可叹她，婴儿时就父母双亡。虽是豪门小姐，有谁来娇生惯养？幸而她生来就是英气豪爽宽宏大量，缺乏亲人关爱，一点儿不放在心上。好像那明月清风辉耀在玉堂之上，实指望长大后配上个才貌双全的好情郎，夫妻白首偕老，弥补幼时的不幸。可最终还是好景不长，两口子分离，就好像高唐云散，湘江水干。这都是天意，何必徒劳无益去悲痛忧伤？

【说明】

这首曲子是唱史湘云的。史湘云幼年不幸，和叔婶一起生活。成家后丈夫又早早离世，一生悲苦。

（7）世难容

【原文】

气质美如兰，才华阜[①]比仙，天生成孤癖人皆罕[②]。你道是啖[③]肉食腥膻，视绮罗俗厌；却不知太高[④]人愈妒，过洁世同嫌。可叹这，青灯古殿人将老，孤负了，红粉朱楼春色阑[⑤]！到头来，依旧是风尘肮脏[⑥]违心愿；好一似，无瑕白玉遭泥陷；又何须，王孙公子[⑦]叹无缘？

【注释】

① 皋——土山，“高”的意思。

② 罕——纳罕、诧异、吃惊。

③ 啖（dàn）——吃。腥膻，腥臊难闻的气味。出家人素食，所以这样说。

④ 太高——太清高了。

⑤ 春色阑——春光将尽，喻青春将过。

⑥ 风尘肮脏——在污浊的人世间挣扎。风尘，指污浊、纷扰的生活；肮脏，亦可作“抗脏”解释，高亢刚直的样子，引申为强项挣扎的意思。

⑦ 王孙公子——指贾宝玉。

【译文】

气质美似幽兰，才华高若天仙，天生的性格孤僻令人纳罕。别人说吃肉，她嫌腥膻；别人穿绫罗绸缎，她认为俗气，讨厌。却不知道：越是清高越容易被嫉妒，过分洁净讨人嫌恶。可叹你在青灯古殿，红颜渐渐老去；耽误了红粉佳人的好年华，青春逝去！到头来，依旧是违背心愿，挣扎于污浊人世间；就好像，洁白的美玉陷泥潭；又何劳，那位王孙公子感叹无情缘？

【说明】

这一首是唱妙玉的。曲名“世难容”说明她为社会所不容。

（8）喜冤家

【原文】

中山狼，无情兽，全不念当日根由[①]。一味的，娇奢淫荡贪欢媾[②]。觑[③]着那，侯门艳质同蒲柳[④]；作践的，公府千金似下流[⑤]。叹芳魂艳魄，一载荡悠悠。

【注释】

①“中山狼”几句——指迎春丈夫孙绍祖完全忘了他的祖上曾受过贾府的好处。

② 贪欢媾——指孙绍祖荒淫无度。迎春曾在娘家哭诉其丈夫孙绍祖“一味好色”，“家中所有的媳妇丫头将及淫遍”。

③ 觑（qù）——窥视、细看。
④ 蒲柳——蒲草和柳树。蒲和柳易生易凋，借以喻本性低贱的人。
⑤ 作践——糟蹋。下流，下贱的人。

【译文】

凶残的恶狼，无情的野兽，完全忘记了当初自家发迹的根由。一味地荒淫无耻，出尽丑。视我这名贵花儿如枯草；作践我豪门千金似奴仆。可叹我，如花岁月美妙青春，一年之内把命丢。

【说明】

这首曲子是唱贾迎春的。曲名“喜冤家”，意为婚嫁虽喜，可遇人不淑，所嫁之人却是个冤家对头。

（9）虚花悟

【原文】

将那三春看破，桃红柳绿待如何？[①]把这韶华[②]打灭，觅那清淡天和[③]。说什么，天上夭桃盛，云中杏蕊多。到头来，谁把秋捱过？[④]则看那，白杨村里人呜咽，青枫林下鬼吟哦[⑤]。更兼着，连天衰草遮坟墓，这的是[⑥]，昨贫今富人劳碌，春荣秋谢花折磨。似这般，生关死劫[⑦]谁能躲？闻说道，西方宝树唤婆娑，上结着长生果[⑧]。

【注释】

① 桃红柳绿——春天景象，喻荣华富贵。待如何，结果怎么样呢？
② 韶华——大好春光。这里又喻所谓“凡心”。
③ 天和——即所谓人体的元气。“觅清淡天和”指修身养性。
④“到头来”句——说桃杏虽盛，秋天一过则全部落尽。
⑤ 则看——只见。白杨村，古人在墓地多种白杨，后来常用白杨暗喻坟冢所在。“青枫林”也是此意。
⑥ 这的是——这真是。
⑦ 生关死劫——佛教把人的生死说成是关头、劫数。劫，厄运。
⑧“西方”二句——喻指皈依佛教，求得超度，修成正果。

【译文】

将那短暂的春光看破，桃红柳绿又能怎样？把这青春抛弃，去寻求清心寡欲，内心平和。说什么天上鲜红的桃花多么美，艳丽的杏花那么多，到头来，谁能把秋天度过？只见那，白杨萧萧的坟地上有人在哭泣，青枫树林下鬼魂在悲歌。再加上，枯草连天遮盖住坟墓，这真是，贫富转换人劳碌，季节变化花儿受折磨。像这样，生老病死的痛苦谁能躲得过？听人说，西方净土有宝树名叫婆娑，树上结着长生果。

【说明】

这首曲子是唱贾惜春的。曲名“虚花悟”，彻底明白荣华富贵与我如浮云之意。“虚花”，犹言镜中花。

（10）聪明累①

【原文】

机关算尽太聪明，反算了卿卿性命！②生前心已碎，死后性空灵③。家富人宁，终有个家亡人散各奔腾④。枉费了，意悬悬⑤半世心；好一似，荡悠悠三更梦。忽喇喇似大厦倾，昏惨惨似灯将尽。呀！一场欢喜忽悲辛。叹人世，终难定！

【注释】

① 累（lěi）——连及、连带、牵连的意思。
② 机关——心机、算计。卿卿，对关系亲密的人亲昵的称呼。
③ 性空灵——再聪明也没用了。
④ 奔腾——在这里是形容灾祸临头时，各自急急找生路的样子。
⑤ 意悬悬——心神不宁的样子。

【译文】

聪明过头、心机耗尽，反而搭进了自己的性命！活着时操碎了心，死后再机灵又有啥用。富贵平安人家，最终还是家亡人散各奔东西。枉费了操心劳神半生，好像是迷迷糊糊深夜一场噩梦。如同大厦突然倾倒，忽喇喇发出巨响；又好像灯油耗尽，黑暗来临。哎呀！欢天喜地却以悲剧收场。可叹这人世间变化无常，谁也捉摸不定！

【说明】

这首曲子是唱王熙凤的。曲名“聪明累”，是受聪明之连累、聪明反被聪明误的意思。

(11) 留余庆

【原文】

留余庆[1]，留余庆，忽遇恩人[2]；幸娘亲，幸娘亲，积得阴功。劝人生，济困扶穷。休似俺那爱银钱、忘骨肉的狠舅奸兄[3]！正是乘除加减[4]，上有苍穹。

【注释】

① 留余庆——先代为后代所遗留下来的福泽，与“积得阴功”义相似。

② 恩人——指刘姥姥。

③ 狠舅奸兄——“狠舅”指王仁和邢大舅，“奸兄”指谁，尚有争议，综合来看当为贾芸。

④ 乘除加减——指上天的赏罚丝毫不爽，犹“善有善报，恶有恶报”。

【译文】

祖上积了德，祖上积了德，忽然遇到恩人啦；幸亏我的娘，幸亏我的娘，积下了阴功。奉劝世人，要帮扶困苦贫穷人。不要像我那见钱眼开、没亲情的豺狼舅舅舅爷和奸诈族兄！正是人在做天在看，善报恶报皆有因果。

【说明】

这首曲子是唱贾巧姐的。曲名“留余庆”，是说贾巧姐的娘王熙凤曾接济过刘姥姥，行了善事，因而得到好报——由刘姥姥救巧姐出火坑。

(12) 晚韶华[1]

【原文】

镜里恩情[2]，更那堪梦里功名[3]！那美韶华[4]去之何迅，再休提绣帐鸳衾[5]。只这戴珠冠，披凤袄，也抵不了无常性命[6]。虽说是，人生莫受老来贫，也须要阴骘[7]积儿孙。气昂昂，头戴簪缨[8]；光灿灿，胸悬金印；威赫赫，爵禄高登；昏惨惨，黄泉路近！问古来将相可还存？也只是虚名儿与后人钦敬。

【注释】

① 晚韶华——两种意思：晚年荣耀；好光景到来已经晚了。

② 镜里恩情——指李纨丈夫早死，夫妻恩情已是空有其名。

③ 那堪——不堪忍受。梦里功名，指李纨在贾兰功成名就时，就快死去了。

④ 韶华——这里喻青春年华，与曲名中“韶华”有别。

⑤ 绣帐鸳衾——指代夫妻生活。

⑥“只这戴珠冠”三句——是说待李纨可享荣华时，死期也就临近了。只，即使，即便是。珠冠、凤袄，是受到朝廷封赏的贵妇人的服饰。这里指李纨因贾兰长大后做了官而得到封诰。

⑦ 阴骘（zhì）——指暗中有德于人。

⑧ 簪缨——古时达官贵人的头饰，借以指高官显宦。簪是首饰，缨是帽带。

【译文】

夫妻恩爱早成空，儿子功名如梦中！再别提什么情意绵绵，青春好年华去也匆匆。就算是戴了珠冠，披上凤袄，也免不了无常来索命。虽然说，人生莫受老来贫，可也要，积些阴德给儿孙。头戴簪缨气宇轩昂，胸悬大印金光灿灿，高官厚禄威风凛凛，凄凄惨惨，死期已来临！请问古来将相哪里寻？也只不过是留个虚名儿让后人钦敬。

【说明】

这首曲子唱的是李纨。李纨婚后不久，丈夫贾珠就去世。如“槁木死灰”一般，一心一意抚养儿子贾兰长大，后来贾兰考中举人，得授官职。李纨也母以子贵，“凤冠霞帔”，却命不长久。

（13）好事终

【原文】

画梁春尽落香尘[1]。擅风情，秉月貌[2]，便是败家的根本。箕裘颓堕[3]皆从敬[4]，家事消亡首罪宁[5]。宿孽[6]总因情！

【注释】

① 落香尘——美人死亡，暗指秦可卿在天香楼悬梁自尽。

② 擅风情，秉月貌——自恃风月情多和容貌美丽。

③ 箕裘颓堕——指儿孙不能继承先祖功业。箕裘：箕（jī），簸箕，裘，皮袍。比喻先辈的事业。颓堕：衰落，颓废。

④ 敬——指贾敬。作为宁国府最高掌门人，却迷恋炼丹求道，“一味的与道士胡羼（chàn，掺杂，搅在一起）”，放任家族子女胡作非为。

⑤ 家事——家业。宁，宁国府。

⑥ 宿孽——罪恶之源、祸根。

【译文】

春末画梁上美人自尽。卖弄风情，依恃美貌，就是败家的祸根。家风败坏都是从贾敬开始的，家业衰败首先是宁国府的罪责。淫乱是万恶之源！

【说明】

这首曲子唱秦可卿的。曲名“好事终”的“好事”特指男女风月之事，是讽刺语。

（14）收尾·飞鸟各投林

【原文】

为官的，家业凋零；富贵的，金银散尽；有恩的，死里逃生；无情的，分明报应。欠命的，命已还；欠泪的，泪已尽。冤冤相报实非轻[1]，分离聚合皆前定。欲知命短问前生，老来富贵也真侥幸。看破的，遁入空门[2]；痴迷的，枉送了性命。好一似食尽鸟投林，落了片白茫茫大地真干净[3]！

【注释】

① 实非轻——非常严峻，不可轻视。

② 遁入空门——出家当和尚、尼姑。

③ 白茫茫大地真干净——喻贾家一败涂地。

【译文】

当官的，家业败落；富有的，钱财一空；施恩的，死里逃生；作恶的，报应分明。欠命的，还了命；欠泪的，泪已尽。结下冤仇终就会有报应，悲欢离合都是生前已确定。想知道命短原因，去问前生，老来富贵也确实是侥幸。看明白的，出家尼僧；执迷不悟的，白送性命。就好像，群鸟吃光喂食，飞进茂密树林，只剩下这白茫茫大地，干干净净！

【说明】

这是《红楼梦曲》总收尾的曲子，是对以贾府为代表的腐朽没落贵族“树倒猢狲散”命运的概括。曲中列举的种种结局是泛指，不宜一一对号入座。

第六回

朝扣富儿门

【原文】

朝扣富儿门[1]，富儿犹未足[2]。
虽无千金酬[3]，嗟彼胜骨肉[4]。

【注释】

① 早早地来敲富人的家门（求救济）。
② 富人（家财万贯）却依旧感叹钱少。
③ 帮扶的银钱虽然不及千金。
④ 但受惠的人念恩偿报胜过自家亲骨肉。

【说明】

指刘姥姥迫于生计，到荣国府借贷，受到凤姐资助，后来知恩图报。

得意浓时易接济

【原文】

得意浓时易接济[1]，
受恩深处胜亲朋[2]。

【注释】

① 富贵得意时，接济穷人比较容易。
② 受到恩惠的人，感恩之情埋藏到心灵深处，最终的报答胜过亲戚朋友。

【说明】

伏后文贾府衰败时刘姥姥报恩救巧姐。

第七回

十二花容色最新

【原文】

十二花容①色最新，不知谁是惜花人②。
相逢若问名何氏，家住江南③姓本秦④。

【注释】

① 十二花容——指薛姨妈叫周瑞家的分送给众姊妹戴的“宫里头做的新鲜样法，堆纱花儿十二枝”，此处借宫花之名而隐喻“金陵十二钗”之貌美如花。

② 惜花人——喻能怜惜女儿命运的人。

③ 家住江南——指金陵。

④ 秦——谐音“情”。

不因俊俏难为友

【原文】不因俊俏难为友，正为风流始读书。

【译文】

要不是因为长得好看养眼就难以成为好朋友，（宝玉）正是为了这份特殊的感情才开始愿意上学堂读书。

【说明】

宝玉在宁国府第一次见到秦钟，两个少年言语投机，相见恨晚。宝玉本不爱去学堂读书，因为有风流俊俏的秦钟相伴，两人相约一起去上学。作者在第七回结束时发出这样的感慨。

第八回

嘲顽石幻相

【原文】

女娲炼石已荒唐，又向荒唐演大荒①。
失去幽灵真境界，幻来亲就臭皮囊②。
好知③运败金无彩④，堪叹时乖玉不光⑤。
白骨如山忘姓氏，无非公子与红妆⑥。

【注释】

①“又向”句——又向荒唐的人间敷演出这一石头的荒唐故事。大荒，女娲补天丢弃的那块石头位于大荒山无稽崖青埂峰下。

②“失去”二句——石头幻形入世，失去本来的面目，变成贾宝玉身上佩戴的通灵宝玉。“幻”指幻化，“就”为依附。皮囊，又称“革囊”，就是皮革制成的袋子，比喻人身。佛教厌恶人的肉体，以为它只是贮存涕、痰、粪、溺等污物的躯壳，所以称之为臭皮囊。

③ 好知——须知。

④ 运败金无彩——伏贾府衰败，宝钗婚后受丈夫冷落，后来因宝玉出家年青守活寡。金，指薛宝钗。

⑤ 堪叹——可叹。时乖，时运乖违，与“运败”同义。玉不光，第二十五回癞僧曾说，通灵玉的被蒙蔽是“粉渍脂痕污宝光”。

⑥ 红妆——美女。

【译文】

女娲炼五彩石补天的传说就已经够荒唐了，又向这荒唐人间续演这荒唐的故事。顽石已经失去了幽微灵秀的本来面目，变幻成这副模样依附在臭皮囊上。要知道命运败落金子也会失去光彩，可叹时运不济时美玉也黯淡无光。这堆成山的白骨都已经不知道是谁了，其实正是当年的富贵公子和美丽女郎。

【说明】

作者通过薛宝钗赏鉴贾宝玉的通灵玉这一情节，点出贾宝玉“落草时衔下来的宝玉”，其实是大荒山青埂峰下顽石的幻象，暗示两人“金玉良缘”之荒唐，必将成空。

通灵宝玉铭文

【原文】

（正面）莫失莫忘，仙寿恒昌

（反面）一除邪祟，二疗冤疾，三知祸福

【说明】

仙僧“大展幻术”，将女娲补天所弃的顽石，“变成一块鲜明莹洁的美玉”，并镌上这些字，神瑛侍者下凡投胎时夹带着它，成了贾宝玉出生时衔在口中，以后一直不离身的美玉，被视作“命根子”。

璎珞① 金锁铭文

【原文】

（正面）不离不弃

（反面）芳龄②永继

【注释】

① 璎珞——项链、项圈之类装饰品。

② 芳龄，少女的年龄。

【说明】

听丫头莺儿说宝姑娘项圈的金锁上也錾有字，宝玉央求宝钗拿给他瞧。“果然一面有四个篆字，两面八字，共成两句吉谶（吉祥的预言）”。这和通灵宝玉正面八字恰好形成对仗。和通灵宝玉由贾宝玉口含衔来人间不同，金锁为人工打造，宝钗说錾在上面的两句“是个癞头和尚送的”。

早知日后闲争气①，岂肯今朝错读书

【注释】

① 闲争气：即争闲气，指无故招气受。

【说明】

秦业望子成龙，好不容易得到儿子秦钟能入贾府家塾中念书的机会，“亲带了秦钟，来代儒（塾师）家拜见了。然后打听宝玉上学之日，好一同入家塾。”这一联诗句，起着关联下文（闹学堂）的作用。

第十一回

赞会芳园

【原文】

黄花[1]满地，白柳横坡。小桥通若耶之溪[2]，曲径接天台[3]之路。石中清流激湍，篱落飘香；树头红叶翩翩，疏林如画。西风乍紧，犹听莺啼；暖日常暄[4]，又添蛩语[5]。遥望东南，建几处依山之榭[6]；近观西北，结三间临水之轩[7]。笙簧[8]盈座，别有幽情；罗绮[9]穿林，倍添韵致。

【注释】

① 黄花——菊花。

② 若耶之溪——浙江绍兴南有山名若耶（ruò yē），山旁有溪，名若耶溪。相传西施曾浣纱于此，故又名浣纱溪。这里借以渲染会芳园的景致。

③ 曲径——曲折的小路。天台，天台山，位于浙江天台县北。传说汉代刘晨、阮肇入此山采药，被两个仙女留住了半年。回到家乡时发现已经过了七世。这里也是借遇仙故事来烘托景物。

④ 暄——温暖。

⑤ 蛩（qióng）语——蟋蟀的叫声。

⑥ 榭——建筑在台上的房屋。

⑦ 轩——有窗的长廊或小屋。

⑧ 笙簧——吹奏类乐器。簧是笙管中的薄片，吹时振动发声。

⑨ 罗绮——丝绸衣裳，借指衣着华贵的女子。

【说明】

写贾敬寿辰，王熙凤在宁国府赴宴，探望秦可卿的病回来时，路经会芳园观察到的园中景致。

第十三回

一步行来错

【原文】

一步行来错，回头已百年①。
古今②风月鉴，多少③泣黄泉④！

【注释】

①“一步”两句——特指贾瑞之死和秦可卿之（淫）丧。
② 古今——古往今来，指时间长。
③ 多少——指人数多。
④ 黄泉——与“百年”意同。

【说明】

这首诗意在警戒、劝告世人，勿“一失足成千古恨”。

梦秦氏赠言

【原文】

三春去后诸芳尽①，各自须寻各自门②。

【注释】

①“三春”句——本意是春光逝去，众花都要落尽。喻指等到三春（元春、迎春、探春）死去或远嫁（去后），大观园众女儿（诸芳）也都要死的死，散的散了（尽）。

②“各自”句——各自都得寻找各自的归宿，即“飞鸟各投林”之意。

【译文】

春天过后所有花卉都将凋零，家亡人散各自去找自己的前程。

【说明】

秦可卿死的晚上，王熙凤梦见她前来告别，说了许多预言贾家衰败的话，劝自己早作打算。临别时，又念出这两句话。

第十七、十八回

豪华虽足羡

【原文】

豪华虽足羡，离别却难堪。
博得虚名在，谁人识苦甘？

【说明】

诗写元春被封贵妃，荣华富贵已极，但只是徒有虚名。身处皇宫大院，连亲人都难得一见。虽是皇帝恩准省亲，也是来也匆匆去也匆匆，其背后的辛酸却无人识得，表明其富贵荣华并不值得羡慕。

题大观园诸景对额（八篇）

（1）入口题字

【原文】

曲径通幽①处

【注释】

① 曲径通幽——弯弯曲曲的小路通往风景幽美的地方。

【说明】

刚进大观园，迎面一山，遮住园中诸景，微露羊肠小道，山上有一块镜面白石留待题字。贾宝玉提议直接用唐代常建诗《题破山寺禅院》中的这句作为题名。

（2）沁芳[1]

【原文】

绕堤柳借三篙翠[2]，隔岸花分一脉香[3]。

【注释】

① 沁芳——意为溪水渗透着花的芳香。沁，渗入；浸润。

②“绕堤”句——即“借绕堤柳三篙翠”。绕着河堤而栽的柳树，因为溪水既深又绿，而互相映衬得更加翠绿。篙，指划船用的船桨。“三”是泛指，“三篙”是形容水很深。

③“隔岸”句——即“分隔岸花一脉香”。对面河岸上种满了鲜花，散发出香气，随风飘散，弥漫空中。“一脉”是指溪水的形状是狭长形的，就像山脉一样蜿蜒曲折。

【译文】

借来绕堤杨柳三篙翠色，分得对岸鲜花一缕芬芳。

【说明】

园中以“沁芳”命名的有泉、桥、闸和亭，本是“一带清流，从花木深处泻于石隙之中”，渐平阔后，有桥，桥上筑亭，亭压水而成。宝玉以周边景致中的溪水、柳树、鲜花为着眼点，提出匾上用“沁芳”二字，并作这样一副七言对联，贾政及众清客表示赞同。

（3）有凤来仪[1]

【原文】

宝鼎茶闲烟尚绿[2]，幽窗棋罢指犹凉[3]。

【注释】

① 有凤来仪——凤：凤凰，传说中的百鸟之王，相传它的出现是一种祥瑞之兆；仪：配合。

②“宝鼎”句——宝鼎不煮茶了，屋里还飘散着绿色的水蒸气。宝鼎，

这里指煮茶的鼎炉。茶闲：煮茶结束。烟尚绿，煮茶时冒出的水蒸气还是绿色。因为翠竹遮映，所以疑尚有绿烟。

③“幽窗”句——幽静的窗下棋局已经结束，手指还觉得有凉意。棋罢，棋局结束。指犹凉，因为浓荫生凉，所以似乎仍觉手指冷。

【译文】

煮过茶后茶鼎之上还有绿烟缭绕，幽静窗下弈完棋仍觉得手指冰凉。

【说明】

“有凤来仪”即后来林黛玉居住的潇湘馆，黛玉也被称为“潇湘妃子”。它的特征是“数楹修舍，有千百竿翠竹遮映”。此对联意在表述贵族家庭中公子小姐们闲情逸致之情态。“烟尚绿”写视觉，“指犹凉”写肤觉，构思巧妙。点出了潇湘馆的“幽”“凉”“绿”“闲”的特点，表现了宝玉的才学。

（4）杏帘在望——稻香村①

【原文】

新涨绿②添浣葛③处，好云香护采芹人④。

【注释】

① 杏帘在望、稻香村——此处“有几百枝杏花，如喷火蒸霞一般”，贾宝玉因旧诗“红杏梢头挂酒旗”，题为“杏帘在望”，又取“柴门临水稻花香”之意，名之“稻香村”。

② 新涨绿——刚刚泛起的碧绿色春水。

③ 浣葛——浣洗葛布。葛，蔓生植物，多长于山间，煮取它的纤维，捶洗干净后，可以织布制衣。典出《诗经·葛覃》，写新妇浣净葛衣才回娘家，这里暗喻元春回贾府省亲。

④“好云”句——好云，喻杏花，书中写稻香村“有几百株杏花，如喷火蒸霞一般”，所以以云霞作比。芹，指水芹菜，多长于水边。这里的“采芹人”指读书人。

【译文】

绿水新涨，洗衣地方又增一处。杏花浓香，滋养读书求知之人。

【说明】

这是题大观园中人工造成的田野山庄的对联。此处的田园农舍，不同于大观园其他建筑的富丽华贵，一派郊野气色。稻香村后为李纨所居，李纨也因此处得诗号“稻香老农”。

（5）蓼汀花溆

【原文】

蓼汀[①]花溆[②]。

【注释】

① 蓼汀（liǎo tīng）——是生长着蓼草的小洲。汀，汀洲。

② 溆——水边。

【说明】

贾政宝玉众人自稻香村转过山坡，抚石依泉而进，过众花圃，见“忽闻水潺潺，出于石洞，上则萝薜倒垂，下则落花浮荡”。“蓼汀”一词出自唐代罗业《雁》诗：“暮天新雁起汀洲，红蓼花开水国愁”，诗文虽美，却意境萧索，所以后来元春看了说：“‘花溆’二字便好，何必‘蓼汀’?”

（6）兰风蕙露[①]

【原文】

麝兰芳霭斜阳院，杜若香飘明月洲[②]。

三径香风飘玉蕙，一庭明月照金兰[③]。

【注释】

① 兰风蕙露——成语，意为有蕙兰一样高贵的风范和纯美的内心。多比喻女子品德高尚，高风亮节。

②“麝兰”两句——麝兰、杜若都是香草。霭，云气，引申为弥漫。

③“三径”两句——三径，庭园间小路。蕙，兰的一种，多穗。金兰，名贵的兰草。

【译文】

兰草的芬芳弥漫斜阳照射的庭院，
杜若的清香飘逸洒满月光的小岛。
小路上的微风带来玉蕙花香阵阵，
明媚的月光照射在满庭院的金兰上。

【说明】

贾府两清客所拟，写蘅芜院。两句均与蘅芜院环境无关，属文不对题。如宝玉所说“此处并没有什么‘兰麝’‘明月’‘洲渚’之类，若要这样着迹说来，就题二百联也不能完”。蘅芜院后为薛宝钗居住地。

（7）蘅芷清芬①

【原文】

吟成豆蔻才犹艳②，睡足荼蘼梦亦香③。

【注释】

① 蘅芷清芬——蘅、芷均为香草名。清芬，清香芬芳。

②“吟成”句——吟成杜牧那样的豆蔻诗后，才思还是很旺。豆蔻，喻少女。

③“睡足”句——熟睡时荼蘼花在梦中也香甜。荼蘼，花名，春末开花，故有“开到荼蘼花事了”说法。

【说明】

宝玉不赞成两清客的题匾和两句联对，尊父亲贾政命令，重新拟了上述匾额和对联。后元春省亲时，赐名为“蘅芜苑”。

（8）红香绿玉

【说明】

宝玉所题。宝玉以为“此处蕉、棠两植”，不宜偏题。海棠、芭蕉，“红”“绿”兼顾，后来元春将它改为“怡红快绿”。宝玉后居住于此，名怡红院。

赞省亲别墅

【原文】

金门玉户神仙府，桂殿兰宫妃子家。

【注释】

极陈贾府的奢靡豪华，贾元春的尊贵显赫。桂、兰皆芳香草木。

【说明】

大观园正殿石牌坊上对联，上书“天仙宝境”四字，贾妃省亲时改为“省亲别墅”，以避免招摇太过。

上贾妃启①

【原文】

臣，草莽寒门，鸠群鸦属之中，岂意得征凤鸾之瑞②。今贵人上锡天恩，下昭祖德③，此皆山川日月之精奇，祖宗之远德钟于一人，幸及政夫妇④。且今上⑤启天地生物之大德，垂古今未有之旷恩，虽肝脑涂地，臣子岂能得报千万一！惟朝乾夕惕⑥、忠于厥⑦职外，愿我君万寿千秋，乃天下苍生之同幸也。贵妃切勿以政夫妇残年为念，懑愦金怀⑧，更祈⑨自加珍爱。惟业业兢兢，勤慎恭肃以侍上，庶⑩不负上体贴眷⑪爱如此之隆恩也。

【注释】

① 启——旧时的一种文体，指较简短的书信。

② 草莽寒门——山村里的穷人家。鸠群鸦属，喻贾氏族身份卑贱。岂意，哪里料想到。征凤鸾之瑞，应了凤鸾吉祥之兆。凤鸾，泛指凤凰之类的神鸟。

③ 贵人——妃子，位次于皇后。锡天恩，赐皇恩。锡，通“赐”，给予，赐给。昭祖德，光宗耀祖。

④“此皆山川”三句——天地之灵气，祖宗余德，皆汇聚在贵妃身上，我贾政夫妇（作为父母）很幸运。钟，聚集。一人，这里指贵妃贾元春。

⑤“且今上”两句——今上，当今皇帝。启德，开恩，发善心。垂，降，

赐下。旷恩，大恩。

⑥ 朝乾夕惕——从早到晚慎勤戒惧，不敢稍有懈怠。乾、惕，均为勤勉谨慎之意。

⑦ 厥——其。

⑧ 懑愤金怀——心里忧郁烦闷。懑，闷。金，饰词，表示尊贵。

⑨ 祈——祈请、祈求。业业兢兢，即“兢兢业业”，小心谨慎的样子。

⑩ 庶——也许可以。

⑪ 眷——关怀、顾恋。

【说明】

元春省亲回家。母女姊妹叙过离别相思之情，贾政来至帘外问安。元春“隔帘含泪”，对父诉说骨肉不能相见之悲，贾政亦含泪启事。古代社会等级森严，先有君臣，再有父子。贾政虽是父亲，但和元春是君臣关系，且男女有别，所以才隔帘说了这番极其谨慎、恭肃的话。

题大观园正殿额对

【原文】

顾恩思义[①]

天地启宏慈[②]，赤子苍头[③]同感戴；

古今垂旷典[④]，九州万国[⑤]被[⑥]恩荣。

【注释】

① 感谢皇帝的浩荡恩德，牢记臣子忠君报国的义务。

② 宏慈——宏大的慈爱之心。

③ 赤子苍头——小孩和老人，泛指黎民百姓。赤子，初生的婴儿。苍头，头发斑白，指年老的人。

④ 旷典——旷世的恩典。

⑤ 九州万国——全天下的意思。九州，指中国，传说大禹治水时把中国划分为九个州。万国，中国以外的其他各国。

⑥ 被——古同“披”，覆盖。

【译文】

圣皇慈爱博大犹如天高地厚，全体百姓人人感恩戴德；典礼之盛前所未有，天下都得到恩惠和荣光。

【说明】

元春游园后，正式命名为“大观园”，并书此一匾一联于正殿，以歌颂“皇恩浩荡”。

大观园题咏（十一篇）

元春书匾额、对联后，又题大观园一绝，然后命众姊妹也各题一匾一诗；又要宝玉为“潇湘馆”“蘅芜苑”“怡红院”“浣葛山庄”四大处各赋五言律诗一首，借此面试其才情，众人各展其才。

（1）题大观园（贾元春）

【原文】

衔山抱水建来精，多少工夫筑始成①！
天上人间诸景备，芳园应锡②大观③名。

【注释】

①“衔山”二句——环山萦水的构建，设计精心，工程浩大。
② 锡——同“赐”。
③ 大观——指盛大壮观的景象。

（2）旷性怡情①（匾额）（贾迎春）

【原文】

园成景备特精奇，奉命羞题额旷怡②。
谁信世间有此境，游来宁不③畅神思④？

【注释】

① 旷性怡情——指心情开朗，精神愉快。旷：开阔、开朗；怡：快乐。

② 羞题额旷怡——不好意思地题了“旷性怡情”的匾额。

③ 宁不——怎么不。

④ 畅神思——心旷神怡，与“旷性怡情”同义。

（3）万象争辉（匾额）（贾探春）

【原文】

名园筑出势巍巍[①]，奉命何惭学浅微[②]。
精妙一时言不出，果然万物有光辉。

【注释】

① 势巍巍——指建筑物气势雄伟。

②“奉命”句——既然奉命而作，我纵不学无文，也就不怕献丑了。何惭，何等惭愧。学浅微，学识浅薄。

（4）文章造化[①]（匾额）（贾惜春）

【原文】

山水横拖千里外，楼台高起五云中[②]。
园修日月光辉里，景夺文章造化功[③]。

【注释】

① 文章造化——指大观园美妙的景致（文章）是天工神力造就（造化）。文章，文采。造化，天地创造化育万物，常指天功或神力。

②“山水”二句——上句写地广，下句言楼高。五云，五色云霞。

③“园修”二句——因为有皇帝和贵妃的恩泽荣光，修建的大观园风光景物有巧夺天工之奇。日月，喻皇帝。

（5）文采风流[①]（匾额）（李纨）

【原文】

秀水明山抱复回[②]，风流文采胜蓬莱[③]。
绿裁歌扇迷芳草[④]，红衬湘裙舞落梅[⑤]。

珠玉[⑥]自应传盛世，神仙何幸下瑶台[⑦]。
名园一自邀游赏，未许凡人到此来[⑧]。

【注释】

① 文采风流——指风光优美，多姿多彩，人物尊贵。

② 抱复回——要合抱而又回转，山环水绕的意思。

③ 蓬莱——传说中海上的仙山。

④“绿裁”句——用绿绸裁制而成，歌舞用的扇子。与芳草颜色相同，分辨不清。歌舞时以扇遮面，故称“歌扇”。

⑤“红衬”句——浅黄裙子衬着红花，舞动时如红梅落瓣。湘，同“缃”，浅黄色绢帛。

⑥ 珠玉——喻美好的词章。这里指大观园题匾对联。

⑦ 瑶台——传说中神仙所居之处。这里指元妃省亲，如仙女下凡。神仙，指贾元春。

⑧“名园”二句——名园一经贵妃娘娘游玩欣赏，即如圣地仙界，不许凡人来到这里。邀游赏，承蒙游玩欣赏。

（6）凝晖钟瑞[①]（匾额）（薛宝钗）

【原文】

芳园筑向帝城西，华日祥云笼罩奇[②]。
高柳喜迁莺出谷[③]，修篁时待凤来仪[④]。
文风已著宸游夕[⑤]，孝化应隆归省时[⑥]。
睿藻仙才盈彩笔，自惭何敢再为辞[⑦]？

【注释】

① 凝晖钟瑞——光辉祥瑞聚集于此。凝、钟，聚集。晖，日光。瑞，吉兆。

②“华日”句——说气象佳胜。喻贾府沐受皇帝的恩荣。华日，灿烂的阳光，喻皇帝的恩德。祥云，吉祥的彩云，喻福运。

③“高柳”句——喜庆莺从幽谷飞到高柳上去，有攀高枝之意，喻元春出深闺（谷）进宫（高柳）为妃。谷，喻贾家。高柳，喻后宫，因宫中多植柳树。

④“修篁”句——时刻等待凤凰飞到竹林里来，喻元春归来省亲。篁(huáng)，竹林。竹修长，所以称修竹、修篁。

⑤“文风”句——指大观园赋诗一事。着，表现得显著。宸游，皇帝外出巡游，这里指元春省亲。宸，皇帝居住的地方，贵妃亦可称宸妃。

⑥“孝化”句——儒家以“孝”教化民众。隆，发扬光大。归省，回家探亲。

⑦“睿藻”二句——瞻仰了元春所题的才智非凡的联额和诗后，自惭才疏，不敢再措辞了。睿，明智，古时候常被用来颂扬帝后。藻，辞藻，泛指诗文。

(7) 世外仙源（匾额）（林黛玉）

【原文】

名园筑何处？仙境别红尘①。
借得山川秀，添来气象新②。
香融金谷酒③，花媚玉堂人④。
何幸邀恩宠⑤，宫车⑥过往频。

【注释】

① 别红尘——不同于人间。别，区别。

②“借得”二句——上句说大观园从山川中借得秀丽。下句说皇妃元春到来使园林增添新气象。

③ 金谷酒——晋代富豪石崇宴宾客于家中金谷园，命大家赋诗，不成者罚酒三斗。这里借典故说明大观园中的“大开筵宴”可与石崇的豪宴相媲美。

④ 花媚玉堂人——贵妃和鲜花一样妩媚动人，或连鲜花也向贵妃献出妩媚姿态。媚，讨好、赞赏，拟人手法。玉堂，嫔妃所居之处。玉堂人，指贵妃元春。

⑤ 邀——逢，遇到，幸蒙得到。

⑥ 宫车——贵妃的车驾。

(8) 有凤来仪（贾宝玉）

【原文】

秀玉初成实①，堪宜待凤凰②。

竿竿青欲滴[③]，个个绿生凉[④]。
迸砌妨阶水，穿帘碍鼎香[⑤]。
莫摇清碎影，好梦正初长[⑥]。

【注释】

①“秀玉”句——喻竹，也隐林黛玉的“玉”字。实，竹子的果实。

②“堪宜”句——堪宜，正适合。待凤凰，传说凤食竹实。

③ 青欲滴——形容竹子色鲜。

④“个个”句——个个，同“竿竿”；竹叶像许多“个”字。绿生凉，绿叶浓荫生凉意。

⑤“迸砌”二句——倒装句法，即“妨阶水迸砌，碍鼎香穿帘”。意谓竹林挡住绕阶的泉水，不使迸溅到台阶上，隔开房中鼎炉上所焚的熏香气味，不让穿过帘子散到园外去。砌，台阶的边沿。“妨”“碍”互文，都有阻挡、分隔之意。

⑥“莫摇”二句——白日浓荫翠竹之下，正好舒适睡觉，不希望风吹竹动，使竹影摇乱，扰我好梦。清碎影，清凉斑驳的竹影。初长，刚开始。

【说明】

这是后来林黛玉居住的潇湘馆，“千百竿翠竹遮映”，竿竿修长挺拔、遒劲硬朗。隐喻其主人刚与直的性格特征，与宝钗蘅芜苑的风格迥然不同。

(9) 蘅芷清芬（贾宝玉）

【原文】

蘅芜满静苑，萝薜助芬芳[①]。
软衬三春早，柔拖一缕香[②]。
轻烟迷曲径，冷翠滴回廊[③]。
谁谓池塘曲，谢家幽梦长[④]。

【注释】

① 蘅芜——香草。苑，园林。萝薜，藤萝。薜荔，攀缘的蔓生植物。

② 软衬、柔拖——藤蔓类植物特点是“软”“柔”。故用“软”来“衬”三春季节花木的勃勃生机，用“柔”来“拖”百花的艳香。

③ 轻烟——喻藤蔓攀爬萦绕，像淡淡的烟雾。冷翠，花草上变冷的露珠。迷曲径、滴回廊，因为这些植物“或垂山岭，或穿石脚，甚至垂檐绕柱、萦砌盘阶”，所以这样写。

④“谁谓”二句——谁说得到“池塘生春草”名句的幽梦，只有谢灵运才会呢？大意是蘅芜苑这样幽雅会给人以灵感，写出好文章。传说南朝诗人谢灵运，苦思佳句不得，一日梦见其族弟谢惠连，立刻吟诵出“池塘生春草”满意诗句，有如神助。

【说明】

这是后来薛宝钗居住的衡芜苑，院内“一株花木也无”，只见许多异草，多具有向上攀爬的特征，“软衬”“柔拖”“曲径”“冷翠”等隐喻其主人薛宝钗的柔、曲和冷。

（10）怡红快绿[①]（贾宝玉）

【原文】

深庭长日静，两两出婵娟[②]。
绿蜡春犹卷[③]，红妆夜未眠[④]。
凭栏垂绛袖，倚石护青烟[⑤]。
对立东风里，主人应解怜[⑥]。

【注释】

① 指使人怡悦的海棠（红）和使人畅快的芭蕉（绿）。

② 两两——指芭蕉与海棠。婵娟，（蕉、棠）美好的样子。

③“绿蜡”句——芭蕉叶在春天里还卷而未展。绿蜡，绿色蜡烛，此喻还卷着叶的芭蕉。

④“红妆”句——海棠在夜里并未睡着。红妆，海棠。

⑤“凭栏”二句——海棠如美人凭栏垂下大红色衣袖；芭蕉倚石而植，使山石犹如被青烟笼罩。绛，红色。绛袖，红色衣袖，喻海棠。护青烟，芭蕉叶像弥漫开的烟雾。

⑥“对立”句——蕉棠双双立在春风中（呼应第二句“两两”）。解怜，懂得爱惜。

【说明】

这里是后来宝玉居住的怡红院，院内“蕉棠两植”，一红一绿相映成趣。宝玉怜香惜玉，外号“绛洞花主”，文如其人，符合主人的个性特征。

（11）杏帘在望（林黛玉代拟）

【原文】

杏帘招客饮①，在望有山庄。
菱荇鹅儿水②，桑榆燕子梁③。
一畦④春韭绿，十里稻花香。
盛世无饥馁，何须耕织忙⑤。

【注释】

①“杏帘”句——杏帘，酒旗，酒馆的标志，词出自唐诗“红杏梢头挂酒旗”。招，飘动的酒旗犹如在向客人招手。

②“菱荇”句——种着菱荇的湖水是鹅儿戏水的地方。菱荇均为水生植物。荇（xìng），荇菜，水生植物，叶嫩可食用。

③“桑榆”句——桑树榆树的枝叶正是燕子屋梁上筑巢材料。

④ 一畦——田五十亩为一畦（qí）。

⑤“盛世”二句——现在是太平盛世，既然没有饿肚皮的人，又何用忙忙碌碌地耕织呢？

【说明】

元春指定宝玉单独作诗四首，以观其才学。黛玉“考场作弊”，代作一首《杏帘在望》。最后两句歌功颂德，黛玉也没能脱俗，难得拍了一回马屁。

第二十一回

《庄子·胠箧[1]》文

【原文】

故绝圣弃智，大盗乃止[2]；擿[3]玉毁珠，小盗不起。焚符破玺[4]，而民朴鄙[5]；剖斗折衡[6]，而民不争；殚残天下之圣法[7]，而民始可与论议。擢乱六律[8]，铄绝竽瑟[9]，塞瞽旷[10]之耳，而天下始人含其聪矣；灭文章[11]，散五彩，胶离朱之目[12]，而天下始人含其明[13]矣；毁绝钩绳[14]，而弃规矩[15]，攦工倕[16]之指，而天下始人含其巧矣。

【注释】

① 胠箧——本意为撬开箱子，后亦泛指盗窃。胠（qū），开；箧（qiè），箱子。

②“故绝”二句——杜绝圣人，抛弃才智，国家才不会出现大盗。

③ 擿——同“摘”，掷、丢弃的意思。

④ 焚符破玺——符，用竹制的信符，古时作证明用。玺，玉石的印章。这两样东西本为证明用，防止欺诈的，但坏人正可以利用它进行诈骗，所以说要焚毁摧破它。

⑤ 朴鄙——朴实单纯。

⑥ 剖斗——把斗敲破。折衡，折断秤杆。

⑦ 殚残——尽毁，彻底打倒。圣法，指周公、孔子等儒家的所谓“圣人”所定的法制。

⑧ 擢乱——搅乱。六律，律，古代音乐审音的标准。

⑨ 铄——销毁。竽瑟，乐器。竽是吹的，瑟是弹的。

⑩ 瞽旷——指春秋时期晋国的盲人乐官师旷，相传他能审音以占吉凶。瞽（gǔ），眼瞎。聪，耳明。

⑪ 文章——花纹。

⑫ 胶——黏合。离朱，相传是古代有名的目力很强的人，能察毫末于百步之外。

⑬ 明——指目明。

⑭ 钩——画曲线的工具。绳，画直线的工具。

⑮ 规——画圆的工具。矩，画方的工具。

⑯ 攦（lì）——折断。工倕（chuí），传说尧时的巧匠。

【译文】

所以，断绝圣人摒弃智慧，大盗就能终止；丢弃玉器毁坏珠宝，小的盗贼就会消失；焚烧信符毁掉玺印，百姓就会朴实敦厚；打破斗斛折断秤杆，百姓就会没有争斗；尽毁天下的圣人之法，百姓才可以谈论是非和曲直。搅乱六律，毁折各种乐器，并且堵住师旷的耳朵，天下人方能耳聪；消除纹饰，离散五彩，粘住离朱的眼睛，天下人方能目明；毁坏钩弧和墨线，抛弃圆规和角尺，弄断工倕的手指，天下人方能手巧。

【说明】

《胠箧》是一篇抨击儒家“圣人”及其所鼓吹的“仁义道德”的著作，宣扬“天道无为”思想，主张“绝圣弃智”、回到上古“民结绳而用之”的时代，愤激之言颇多。庄子的文章一开始用防备撬箱子的小偷为喻，所以取这两个字为篇名。

宝玉续《庄子·胠箧》文

【原文】

焚花散麝[①]，而闺阁始人含其劝[②]矣；戕[③]宝钗之仙姿，灰黛玉之灵窍，丧减情意，而闺阁之美恶始相类[④]矣。彼含其劝，则无参商之虞[⑤]矣；戕其仙姿，无恋爱[⑥]之心矣；灰其灵窍，无才思之情矣。彼钗、玉、花、麝者，皆张其罗[⑦]而邃其穴[⑧]，所以迷眩缠陷天下者也。

【注释】

① 焚花散麝——焚了花儿，散了（麝）香儿，指遣散袭人麝月。袭人姓“花”，花木可以“焚”毁；“麝月”之“麝”是香，所以用“散”。

② 含其劝——听从劝告，不再生事之意。含，容纳、包含。劝，有说服和勉励之意。

③ 戕——损坏，与“灰”意同。

④ 相类——相同，没有区别。

⑤ 参商之虞——互相不和好的担忧。参（shēn）、商本是两颗星，此出彼

没，不同时出现。此处比喻意见不合、不和好。虞，忧虑、担心。

⑥ 恋爱——指眷恋、怜爱，非一般狭义的谈恋爱。

⑦ 张其罗——张开罗网。

⑧ 邃其穴——深深的巢穴、陷阱。邃，深，这里作动词用。

【译文】

焚了花儿，散了香儿（遣散袭人麝月），那么闺阁中的人儿就懂得恪守本分了吧。损了宝钗的仙姿花貌，毁了黛玉的风流灵窍，没了情，少了意，闺阁中的美好、憎恶，大概也就一样了吧。你们都守本分，就不必再担心不和谐、闹别扭了吧。损了宝钗的仙姿花貌，就生不出爱慕之心；毁了黛玉的风流灵窍，就没有才思灵感了。宝钗、黛玉、袭人、麝月这样的女子，皆是张开罗网，布下陷阱，用来使天下人迷茫上当啊。

【说明】

袭人对宝玉与众女孩特别是黛玉关系过密不满，故意弄性撒娇，不加理睬，冷淡他。宝玉恼恨之余，饮酒，读《南华经》，有所感触，按照庄子思路，趁着酒兴，提笔续了这一段文字。

题宝玉续庄子文后

【原文】

无端①弄笔是何人？作践②南华庄子文。

不悔自家无见识，却将丑语诋③他人！

【注释】

① 无端——无缘无故。

② 作践——糟蹋。《庄子》又称《南华经》。

③ 诋——诋毁，诽谤。

【说明】

黛玉来到宝玉房中，宝玉不在，因翻弄案上书，见其所续《庄子胠箧》文，“不觉又气又笑”，就提笔写下这首七绝续诗于后，嘲笑宝玉。

第二十二回

《山门》中“寄生草”曲（清·邱圆）

【原文】

漫揾[①]英雄泪，相离处士[②]家。谢慈悲，剃度[③]在莲台[④]下。没缘法[⑤]，转眼分离乍[⑥]。赤条条，来去无牵挂。那里讨，烟蓑雨笠[⑦]卷单行？一任俺，芒鞋破钵[⑧]随缘化[⑨]！

【注释】

① 漫揾——暂且擦掉。漫，聊、且的意思。揾（wèn），擦拭。

② 处士——古时称有才德而隐居不愿做官的人，这里指赵员外。鲁智深打死郑关西后，为躲避官府捉拿，先避难于赵处，受到厚待。后因风声走漏，赵又将他转移至五台山出家为僧。

③ 剃度——佛教把削发为僧说作是超度苦难，所以叫剃度。

④ 莲台——佛像下面莲花形的基座，借指寺庙。

⑤ 缘法——佛教称遇到能随缘进入佛门者为有缘法。

⑥ 乍——突然，匆匆忙忙。

⑦ 烟蓑雨笠——指蓑衣斗笠，旧时雨具。细雨如烟叫烟雨，所以这样说。

⑧ 芒鞋破钵——芒鞋，草鞋。钵（bō），僧侣所用的食具。

⑨ 随缘化——随处化缘之意。僧道向人求布施，宣称布施的人能与仙佛结缘，所以叫化缘。

【译文】

暂且揩去大丈夫的眼泪，离开好友赵处士的家。我佛慈悲，感谢您让我削发为僧在莲花台下。只可惜没有缘分，转眼之间又要匆匆分离。孑然一身，俺来去都没有牵挂。说走就走，哪里用得着什么蓑衣斗笠和被褥？任凭俺，草鞋破碗随处化缘，浪迹天涯！

【说明】

《鲁智深醉闹五台山》（又叫《山门》）这出戏，演的是《水浒》中鲁智深打死恶霸郑屠后，为避祸在五台山为僧。因醉酒打坏寺院，打伤僧人，被他的师父智真长老遣送往别处的故事。“寄生草”，曲调名，是剧中鲁智深辞别师父时所唱。

宝钗生日，贾母叫她点戏，她点了这一出，开始宝玉不喜欢。后经宝钗推荐其中这一支“寄生草”曲子，宝玉听了，喜得拍膝叫绝。

参禅偈①（贾宝玉）

【原文】

你证我证，心证意证②。
是无有证，斯可云证③。
无可云证，是立足境④。
（林黛玉续）
无立足境，方是干净⑤。

【注释】

① 参禅——佛教禅宗的修行方法，指集中精神探究领会佛教原理。参，探究以图理解。禅，“禅那”音译的略称，指排除杂念，静坐。偈，梵语“颂”，即佛经中的唱词。

② 你证我证，心证意证——大家彼此都想从对方的身上得到情感的印证。证，印证，证验。

③ 是无有证，斯可云证——只有到了无须再验证时，才可谈得上大彻大悟。无有证，即无证、无须验证。禅宗认为万境皆空，证验本来就不需要。“斯可云证”的“证”作“彻悟”解。

④ 无可云证，是立足境——到了一切皆空，什么都无可验证之时，才是真正的立足（安身立命）之境。

⑤ 无立足境，方是干净——连立足之境都没有了，那才是真正的干净，彻底的万境归空。

【译文】

你有心，我有意，验证来，验证去。
明白这一切全无意义，才能说是领悟到了佛的真理。

悟透了万境归空的真理，就有了安身立足之地。

连安身立足之地都没有了，才是真正的大彻大悟，干干净净。

【说明】

史湘云心直口快，说宝钗生日宴会上唱戏的一位演员“倒像林妹妹的模样儿”。黛玉恼其把自己和戏子相提并论，宝玉两边劝和，均被奚落责怪，联想到《寄生草》曲中唱词“赤条条，来去无牵挂”，十分颓丧，便参究禅理，题了这首《参禅偈》和下面一支《寄生草·解偈》。第二天黛玉看了《参禅偈》，提笔又续上两句。宝钗就引六祖禅宗惠能的故事，说黛玉续作更进一步，才是真正的“彻悟”，嘲笑宝玉愚钝，“悟”得不彻底，以此阻止他参禅。

寄生草·解偈①

【原文】

无我原非你②，从他不解伊③。肆行④无碍⑤凭来去，茫茫⑥着甚悲愁喜？纷纷说甚亲疏密？从前碌碌⑦却因何？到如今，回头试想真无趣！

【注释】

① 解偈——宝玉写完一偈，担心他人看不懂，因此又填一支《寄生草》，写在偈后。

②“无我”句——没有我也没有你。佛教认为，一切感知的东西都是虚无，人也不例外，即“无我”，当然也就“没有你”。原非你，本来就没有你。

③“从他”句——任凭他不理解你好了。从他——任凭她（湘云）。伊——你（黛玉）。

④ 肆行——随心而行，率性而为。

⑤ 无碍——放下一切，没啥大不了之意。

⑥ 茫茫——迷茫，不明白。着甚，干什么，何用。

⑦ 碌碌——忙忙碌碌。宝玉绰号为“无事忙”，忙着关心体贴众女儿。

【译文】

我非我，你非你，不理解，随她去。随心所欲自由行，干吗要悲伤忧愁欢喜发糊涂？七嘴八舌说啥亲疏密？从前我忙忙碌碌却是为什么？如今回头想想，自讨没趣！

【说明】

这是说宝玉、黛玉、湘云三人矛盾纠葛是自寻烦恼。宝玉对湘、黛劝和不成，反落得“八戒照镜子，两面不是人”，成为触发“禅机”重要原因。这也使宝玉最终脱离家庭，抛弃娇妻美妾和功名利禄，出家为僧作了铺垫。

弘忍弟子所作二偈

【原文】

其一 唐·神秀

身是菩提[①]树，心如明镜台[②]。
时时勤拂拭，莫使有尘埃[③]。

其二 唐·惠能

菩提本无树，明镜亦非台[④]。
本来无一物，何处染尘埃[⑤]？

【注释】

① 菩提——佛教名词，梵语译音，意思是觉悟。菩提树，常绿乔木。传说佛祖释迦牟尼曾坐在此树下苦思冥想，悟道成佛，所以得此名。此树在佛教徒心目中很神圣，所以要倍加爱护，不使之沾满灰尘。

② 明镜台——即明镜，指一尘不染，喻心无旁骛，没有杂念。

③ 尘埃——灰尘，喻人的杂念。

④“菩提”二句——佛家认为“万境归空”，一切皆虚幻，故如此说。

⑤“本来”二句——即“皮之不存，毛将焉附”之意。

【说明】

弘忍为唐朝佛教南宗五祖，手下有弟子五百多人，神秀为大弟子，惠能只是庙里的火头僧（厨师），且目不识丁。一日，弘忍因年老，欲确定继承人，便令徒弟们各出一偈，听到神秀给出的四句偈，正在厨房舂米的惠能评价道：“美则美矣，了则未了。”也自念一偈，受弘忍师傅赏识，并传衣钵，成了禅宗“六祖”。

神秀所作的大意是，要时时刻刻去净化自己的心灵和心境，通过不断的修行来抗拒外面的诱惑及种种邪魔，是一种入世的心态。这种理解与禅宗的“顿悟”是不相吻合的。而惠能的偈子则与此很契合，是一种出世的心态。大意为：世上万物本来就是空的，任何事物从心而过，不留痕迹，因此也就谈不上抗拒外面的诱惑。这是禅宗的一种最高的境界，惠能领略到这层境界，所以弘忍很满意。

春灯谜（十首）

（1）贾环

【谜面】

大哥有角只八个，二哥有角只两根。
大哥只在床上坐，二哥爱在房上蹲。

【谜底】枕头、兽头

【说明】

枕头是床上用品，自然“只在床上坐”；古人用的枕头一般为长方体，两端是方形的，所以“有角只八个”。古时房脊上一般塑有装饰用的兽头以辟邪，兽头上有两只角，所以贾环说“二哥有角只两根”，“二哥爱在房上蹲”。贾环的谜语言辞粗俗，不伦不类，被贾妃批为“不通”。

（2）贾母

【谜面】猴子身轻站树梢。

【谜底】荔枝

【说明】

“站树梢”意为立在树枝上，即“立枝”，谐音“荔枝”。这里隐喻贾府最终结局：树倒猢狲散。

(3) 贾政

【谜面】

身自端方，体自坚硬。
虽不能言，有言必应。

【谜底】砚台

【说明】

砚台为石头制成，方方正正，所以“端方”“坚硬”又“不能言”。“必”，谐音“笔”。贾政此谜倒是符合自己道学先生、一本正经的形象。

(4) 贾元春

【谜面】

能使妖魔胆尽摧①，身如束帛②气如雷。
一声震得人心恐，回首③相看已化灰。

【谜底】爆竹

【注释】

① 胆尽摧——迷信传说燃爆竹能辟邪驱鬼，所以说妖魔丧胆。
② 身如束帛——形容爆竹象卷起来的绢帛。
③ 回首——回头间、转眼间之意。

【说明】隐喻贾妃早亡，贾家最终烟消火灭。

(5) 贾迎春

【谜面】

天运人功理不穷，有功无运也难逢①。
因何镇日纷纷乱②？只为阴阳③数不同。

【谜底】围棋

【注释】

①“天运”二句——棋子被动来动去，是“天运”还是“人功”，说不

清，道不明。对于棋手来说，落子叫“人功”；对于棋子来说，因为被操纵，究竟落于何处，自己无法确定，只能看“天运”。

② 镇日纷纷乱——棋盘上黑白子双方较量的场面。镇日，整天；“镇”通“整”。

③ 阴阳——黑白棋子。

【说明】

这首谜语隐喻迎春有命无运，生在富贵之家，却命运凄惨，致使阴阳相隔，早早离开人世。贾政猜是算盘，迎春赞同。实际应为围棋，证据如下：(1) 迎春喜下围棋；(2) 迎春大丫鬟名司棋；(3) 用黑白棋子喻“阴阳”比用算盘横梁上下珠子作比更恰当；(4) 迎春性情懦弱，父亲贾政即使猜错也不会反驳。

(6) 贾探春

【谜面】

阶下儿童仰面①时，清明妆点②最堪宜。
游丝③一断浑④无力，莫向东风怨别离。

【谜底】 风筝

【注释】

① 仰面——指抬头看风筝。

② 清明妆点——和最后一句都暗合第五回探春判词中“清明涕送江边望，千里东风一梦遥”句。妆点，点缀（清明佳节）。

③ 游丝——风筝线。

④ 浑——全。

【说明】 隐喻探春后来远嫁，像断了线的风筝一样，骨肉分离。

(7) 贾惜春

【谜面】

前身色相总无成①，不听菱歌听佛经②。
莫道此生沉墨海③，性中自有大光明④。

【谜底】佛前海灯[5]

【注释】

①“前身”句——指它（海灯）的前生迷恋红尘，没有修成正果。色相，佛教名词，指一切事物的形状外貌。

②“不听”句——指它今生对浓词艳曲不感兴趣，而是喜欢听和尚尼姑念经拜佛的声音。菱歌——采菱一类的情歌。

③ 沉墨海——佛殿寂静孤凄，海灯暗淡，所以这样说。

④“性中”句——海灯看似昏暗，内中自有光焰在。

⑤ 佛前海灯——寺庙佛像前的长明灯，灯内大量贮油，长年不灭。

【说明】

隐喻后来惜春出家为尼，孤独终老。

（8）薛宝钗

【谜面】

朝罢谁携两袖烟[1]？琴边衾里总无缘[2]。
晓筹[3]不用鸡人报[4]，五夜无烦侍女添[5]。
焦首[6]朝朝还暮暮，煎心日日复年年。
光阴荏苒须当惜，风雨阴晴任变迁[7]。

【谜底】更香[8]

【注释】

① 两袖烟——早朝回来衣袖上尚有宫中的炉香味，隐“香”字。

②“琴边”句——与琴为伴的是鼎炉之香，熏衣被用的是熏香，“总无缘”则排除了这两种香。衾（qīn），被子。

③ 晓筹——早晨的时刻。筹，指古代计时报时用的竹筹。

④ 鸡人——古代宫中掌管时间的卫士。宫中不许养鸡，由专职卫士夜间不睡，头戴象征雄鸡鸡冠的红布头巾候在宫门外，到了鸡叫的时候向宫中报晓。

⑤ 五夜——五更。古代计时，将一夜时间五等分，叫五夜、五更或五鼓，每更两小时。炉香要侍女加添香料，更香只要点上就是了。

⑥ 焦首——香是从头上点燃的，所以说焦首。

⑦“光阴”二句——更香同风雨阴晴的气候变化无关，却随着时间的消

逝，不断地消耗着自己，所以应该珍惜。荏苒（rěn rǎn），时光渐渐过去。须当，应当。

⑧ 更香——古人没有钟表，用于计时而特制的一种香。即在香上标出刻度，根据燃点后的香的长短，来计算时间的长短和迟早。

【说明】

隐喻宝钗与宝玉“无缘”，青春守寡，过着“焦首”“煎心”的生活。有的版本上此谜语为黛玉所作，似也合理。

（9）贾宝玉

【谜面】

南面而坐，北面而朝[①]。
象忧亦忧，象喜亦喜[②]。

【谜底】镜子

【注释】

①“南面”二句——古代朝会，皇帝坐北朝南，以示尊贵，臣子则站南朝北，以示卑下。而面对镜子，南北朝向也正好相反。

②“象忧”二句——人在镜子面前，镜中的忧喜表情和本人相同。这两句话原出自《孟子》：舜有个同父异母弟弟叫“象”，一直想谋害舜，可舜却不愿意伤害兄弟感情，一如既往地信任这个弟弟，弟弟（象）忧愁他就忧愁（象忧亦忧），弟弟高兴他也高兴（象喜亦喜）。

【说明】

宝玉是“情不情”，不管别人对他态度如何，总是与人为善；外号“绛洞花主”，特别怜香惜玉。同时也隐喻宝黛之间的爱情如镜中花一样无法实现。

宝玉巧妙地在谜语中借用《孟子》中的这句话，引得父亲贾政连连叫好，等知道是宝玉作的，才又严肃起来，不言语了。

（10）薛宝钗

【谜面】

有眼无珠腹内空[①]，荷花出水喜相逢[②]。

梧桐叶落分离去[3]，恩爱夫妻不到冬[4]。

【谜底】竹夫人[5]

【注释】

①“有眼”句——说竹器是镂空的。眼，即洞。

②“荷花”句——荷花出水是夏天，天气转热，就派上用场了（喜相逢）。

③“梧桐”两句——梧桐叶落是秋天景象，天气转凉，就用不着了（分离去）。

④“恩爱”句——还没到冬天，就不再（像恩爱夫妻那样）相依相偎了。

⑤ 竹夫人——炎热天气取凉用的竹器。一般呈圆柱形，用竹篾编成，中空，有孔可以通风，手感凉爽。因夏天睡觉时常被抱着，取其凉意，故称“竹夫人”。

【说明】

隐喻宝钗夫妻生活短暂。

贾政看过此谜语，连同前面的“爆竹”（一响而散）、“风筝”（飘飘浮荡之物）、海灯（清净孤独），觉得不祥，“大有悲戚之状”，勉强待一会就离开了。

第二十三回

四时即事

对眼前的事物、情景有所感触而创作叫“即事”——即景生情之意。贾政奉元妃之命，命众姊妹及宝玉搬进大观园内居住。宝玉此时无拘无束，心满意足，成了名副其实的“富贵闲人”。《四时即事》就是在入住大观园后，写宝玉自己与小姐丫鬟们一年四季相亲相近的生活情景的诗。

（1）春夜即事

【原文】

霞绡云幄任铺陈，隔巷蟆包听未真[①]。
枕上轻寒窗外雨，眼前春色梦中人。
盈盈烛泪因谁泣，点点花愁为我嗔[②]。
自是[③]小鬟娇懒惯，拥衾不耐小言频。

【注释】

①“霞绡”两句——绡，生丝织物，锦被。幄，帐幕。霞绡云幄，指丝质的被面红彤如霞，蚊帐洁白如云。蟆包，蛙声。真，真切，清楚。

② 嗔——责怪、生气。

③ 自是——只有。

【译文】

如云似霞的被帐任意铺陈，隔壁巷子里隐隐约约传来阵阵蛙声。
窗外细细的雨，枕上微微的凉。看眼前的美景，想梦中的人。
盈盈滴泪，蜡烛哭泣因为谁？点点愁痕，花儿生气是对我？
只有小丫鬟娇懒惯了，躺在被子里叽叽咕咕说个没完，真烦人。

（2）夏夜即事

【原文】

倦绣佳人[①]幽梦[②]长，金笼鹦鹉唤茶汤。
窗明麝月开宫镜[③]，室霭檀云品御香[④]。
琥珀杯倾荷露滑[⑤]，玻璃槛[⑥]纳柳风凉[⑦]。
水亭处处齐纨[⑧]动，帘卷朱楼罢晚妆。

【注释】

① 倦绣佳人——即佳人倦绣，美人绣花疲倦了。

② 幽梦——深沉的睡梦。引申为好梦、香梦。

③“窗明”句——指月亮似高挂天宫的镜子，照得窗户亮堂。麝月，月亮。开宫镜，打开天宫上的镜子，喻月亮。李白曾有诗云：“小时不识月，呼作白玉盘。”把月亮比作“白玉盘”，同理。

④“室霭”句——霭，云气，这里做动词用，飘散之意。檀云，香云，香雾，因檀木是香料。品，品评，赏鉴。御香，宫中所用之香，泛指贵重香料。

⑤“琥珀”句——琥珀杯，用琥珀制成的杯子。荷露滑，像荷叶上的露水一样滑落。

⑥ 玻璃槛——用玻璃做成的栏杆。这里所说的玻璃与今天不同，是一种碧绿有光泽的矿物质。

⑦ 柳风凉——指风吹柳条，带来清凉。

⑧ 齐纨——古代齐地出产的白细绢，后亦泛指名贵的丝织品。这里指小姐、丫鬟们的衣衫裙裾。

【译文】

美人绣花累了，已进入梦乡；屋檐下金笼子里的鹦鹉忽然叫着：“上茶！上茶！”一轮圆月如天宫宝镜照进窗台；房间里云雾迷漫，那是鼎炉里的袅袅檀香。琥珀茶杯倾斜了，茶水像荷叶上的露珠一样滴落；靠在玻璃栏杆旁，风儿摇动柳枝，凉爽舒畅。水亭边到处是纳凉人的衣裙在飘动；回到红楼，卷起珠帘，卸罢晚妆，好再入梦乡。

(3) 秋夜即事

【原文】

绛芸轩[①]里绝喧哗，桂魄流光浸茜纱[②]。
苔锁石纹容睡鹤[③]，井飘桐露湿栖鸦[④]。
抱衾婢至舒金凤[⑤]，倚槛人归落翠花[⑥]。
静夜不眠因酒渴，沉烟重拨索烹茶[⑦]。

【注释】

① 绛芸轩——入住大观园前宝玉的居住地。

②“桂魄”句——桂魄，指月亮。传说月中有桂树，遂以月为桂之精魄。浸，泡，使渗透。因月光如水，所以用“浸”字。茜纱，红纱，这里指窗纱。

③“苔锁”句——说石上裂缝皱纹都被厚厚的青苔盖满，变得柔软平滑，可以让鹤憩息了。

④“井飘”句——井栏上梧桐叶飘落，栖鸦为秋露所湿。有夜深、静谧之意。栖，停留、居住。

⑤“抱衾”句——抱被的婢女把绣着金凤的被子展开了。舒金凤，铺开有金凤图案的被褥。

⑥“倚槛”句——倚在玻璃槛上的人回了家，卸下头饰。翠花，首饰，翡翠之类镶嵌的簪花。

⑦ 沉烟重拨——把火炉中的余火重新拨旺。索，索取，要求。

【译文】

绛芸轩不再有平日的喧哗，月光如水，浸透了红色的窗纱。

石头上布满青苔，仙鹤已睡，井栏边梧桐叶落，秋露打湿了栖息的乌鸦。

丫鬟抱来金凤花纹的被子，铺陈妥当，倚着栏杆望月的人回房，卸了头花。

夜深沉，静悄悄，酒后口渴睡不着，重把炉火旺起来，叫丫头来煮茶。

(4) 冬夜即事

【原文】

梅魂竹梦[①]已三更，锦罽鹴衾[②]睡未成。

松影一庭唯见鹤③，梨花满地不闻莺④。
女奴翠袖诗怀冷⑤，公子金貂酒力轻⑥。
却喜侍儿知试茗，扫将新雪及时烹⑦。

【注释】

① 梅魂竹梦——梅和竹都已进入梦乡。

② 锦罽鹔衾——华美的毛毯，雁毛制作的被褥。罽（jì），用毛做成的毡子一类的东西。鹔（sù）被，毛被。鹔，雁类的一种。

③“松影”句——青松傲雪，耐寒，又常以鹤为伴。一庭，满庭院。

④“梨花”句——梨花喻雪，莺出现在春夏季节，所以说“不闻莺”。

⑤“女奴”句——丫鬟们衣着单薄，嚷嚷冷得受不了，其情状俏皮，很有诗意。女奴，指丫鬟们。翠袖，这里指衣着单薄。诗怀冷，受冻的形状有诗情画意。

⑥“公子”句——公子穿戴着貂皮衣裳，尚嫌酒力不足御寒。“酒力轻”，指酒的烈度不够。

⑦“却喜”二句——古人喝茶讲究用水，不同的水煮出的茶，等次不同。认为雪水要比井水、雨水珍贵，所以如此说。

【译文】

三更夜，梅竹都已沉睡，我却身盖锦毯毛被无法入睡。

庭院里，松影斑驳，唯见鹤相伴；白雪满地，听不到莺鸣婉转。

丫鬟身着翠袖，冷得发抖的样子真好看；公子嫌酒力不足，身穿貂裘以御寒。

可喜的是侍儿知茶道，把刚刚收集的新雪及时拿来煮烹。

第二十五回

癞头和尚赞

【原文】

鼻如悬胆[①]两眉长，目似明星有宝光。

破衲[②]芒鞋[③]无住迹[④]，腌臜[⑤]更有一头疮。

【注释】

① 鼻如悬胆——鼻子像悬挂的猪胆一样，鼻梁坚挺，鼻宽适中，鼻尖圆润，有肉质感。相书有云鼻如悬胆，主大富大贵。

② 破衲——破衣裳。僧人穿的衣服衣叫“衲”，即“百衲衣”，用各种布料拼凑缝缀而成。

③ 芒鞋——草鞋，用植物的叶或杆编织。

④ 无住迹——居无定所，行踪不定。

⑤ 腌臜（ā za）——不干净。

跛足道人赞

【原文】

一足高来一足低，浑身带水又拖泥。

相逢若问家何处，却在蓬莱[①]弱水[②]西。

【注释】

① 蓬莱——神话中渤海里仙人居住的三座神山之一。

② 弱水——《山海经》说：昆仑之北有水，其力不能浮起芥草，故名弱水；古代神话泛指传说中称险恶难渡的河海，险而遥远的河流；后人常用“弱水三千，只取一瓢饮”，表达对爱情专一。

【说明】

宝玉原是这一僧一道带来人间的，此时宝玉、凤姐被魇魔法，命将不保，他们赶来搭救。上述两首诗就是用来描绘前来施救的二仙人的模样的。

叹通灵玉二首

【原文】

天不拘兮地不羁①，心头无喜亦无悲②。
只因锻炼通灵③后，便向人间惹是非。

粉渍脂痕污宝光，房栊④日夜困鸳鸯⑤。
沉酣一梦终须醒，冤债⑥偿清好散场。

【注释】

①“天不拘”句——拘、羁，拘束、羁绊。羁，马笼头，意为限制自由。

②“心头”句——指顽石在大荒山无稽崖青埂峰时，尚未“通灵”，所以“无喜亦无悲”。

③ 锻炼通灵——小说开篇说石头被女娲补天时遗弃，经过一段时间“锻炼之后，灵性已通”，向往人间的繁华。

④ 房栊——房间。栊，房子的窗户。

⑤ 困鸳鸯——沉溺于风月之事。

⑥ 冤债——造孽必有报应，犹如欠债。

【说明】

宝玉和凤姐被马道婆、赵姨娘施魇魔法，生命垂危。一僧一道来到贾府解救，癞僧解说那块通灵宝玉上面刻着“能除凶邪”，却未见灵效，“只因为声色货利所迷，故此不灵了。”他把玉擎在掌上，念了这两首诗。前一首说它当初在青埂峰下无拘无束、无喜无悲；后一首叹它今日迷于“声色”（指贾宝玉）与“货利”（指王熙凤）的经历，有警示意味。

第二十六回

黛玉哭花荫联语

【原文】

花魂默默无情绪，鸟梦痴痴何处惊。

【注释】

见林黛玉哭泣，花为之神魂颠倒，默默伤感；鸟也从梦中惊起，痴痴呆呆。

【说明】

林黛玉晚上到怡红院里去“串门”，晴雯没有听出是黛玉的声音，拒不开门，被晾在门外。一会她又看到贾宝玉有说有笑地送宝钗从怡红院出来，便误认为是宝玉生了她的气，不让她进门，独自站在墙角花荫下哭泣。此诗以花、鸟拟人，渲染黛玉的美貌。

黛玉哭花荫诗

【原文】

颦儿[①]才貌世应希，独抱幽芳[②]出绣闱[③]。
呜咽一声犹未了，落花满地鸟惊飞[④]。

【注释】

① 颦儿——黛玉。
② 幽芳——幽怨感伤、孤芳自傲。
③ 绣闱——绣房、闺房。
④“落花”句——拟人法，黛玉之美，花见之飘落，鸟见之高飞。

第二十七回

《葬花吟》

【原文】

花谢花飞飞满天，红消香断有谁怜？游丝软系飘春榭[①]，落絮轻沾扑绣帘[②]。

闺中女儿惜春暮，愁绪满怀无释处[③]；手把[④]花锄出绣帘，忍[⑤]踏落花来复去？

柳丝榆荚[⑥]自芳菲，不管桃飘与李飞；桃李明年能再发，明年闺中知有谁？

三月香巢初垒成，梁间燕子太无情！明年花发虽可啄，却不道人去梁空巢已倾。

一年三百六十日，风刀霜剑严相逼；明媚鲜妍能几时，一朝漂泊难寻觅。

花开易见落难寻，阶前愁杀葬花人；独把花锄泪暗洒，洒上空枝见血痕[⑦]。

杜鹃无语正黄昏，荷锄归去掩重门；青灯照壁人初睡，冷雨敲窗被未温。

怪奴[⑧]底[⑨]事倍伤神？半为怜春半恼春：怜春忽至恼忽去，至又无言去不闻。

昨宵庭外悲歌发，知是[⑩]花魂与鸟魂？花魂鸟魂总难留，鸟自无言花自羞。

愿侬胁下生双翼，随花飞到天尽头。天尽头！何处有香丘[⑪]？

未若锦囊收艳骨，一抔[⑫]净土掩风流。质本洁来还洁去，强于污淖[⑬]陷渠沟。

尔今死去侬收葬，未卜侬身何日丧？侬今葬花人笑痴，他年葬侬知是谁？

试看春残花渐落，便是红颜老死时。一朝春尽红颜老，花落人亡两不知！

【注释】

①“游丝”句——游丝，蜘蛛丝儿。软系，轻弱系住（落花）。榭，建在高土台或水面（或临水）上的建筑。

②“落絮”句——落絮，飘落的柳絮，柳花。因柳絮比花轻盈，故用

“轻沾”。扑绣帘，飞扑到窗帘、门帘上。

③ 无释处——没有排遣的地方。

④ 把——拿。

⑤ 忍——怎忍心。

⑥ 榆荚——榆树的种子，新生出来的榆荚儿脆甜绵软，清香爽口。

⑦“洒上”句——与两个传说有关：一是湘妃竹（斑竹）的传说：湘妃哭舜，泪血染上竹枝，斑斑点点。黛玉号“潇湘妃子”，所以如此说。二是杜鹃花的传说：蜀帝死后，魂魄化为杜鹃鸟，啼血染花枝，那花即杜鹃花。所以下句接言“杜鹃”。

⑧ 奴——我，女子的自称。

⑨ 底——何，什么。

⑩ 知是——哪里知道是。

⑪ 香丘——葬花的坟墓。

⑫ 一抔（póu）——意思是一捧之土，借指坟墓。

⑬ 淖（nào）——烂泥，泥沼。

【译文】

花儿落，花儿满天飞，红颜褪尽，芳香不再，谁还对它同情怜惜？

蛛丝儿柔柔地攀上她，在春天的水榭飘荡。柳絮轻轻地粘上她，一起扑向门窗的帘珑。

闺房中的少女，惋惜春末的景色，满怀忧愁无处寄托。

手拿花锄，离开绣楼来到花园。落花满地，我怎忍心踏着花儿走来走去？

柳丝儿青青，榆荚绵香，只顾显摆自己的芳菲。不管桃花飘零、李花纷飞。

桃李之花明年还可再度荣发，可那时的闺房啊，还能剩下谁？

三月噙来百花，散着花香的巢儿刚刚垒成。梁间的燕子啊，你只顾自己出双入对太无情！

明年花开时节，你还能再叼花衔草筑香巢。你哪能料到这里已是主人已亡故，旧巢已倾毁，只剩空空的屋梁。

一年三百六十日，风似刀，霜如剑，无情地摧残着花枝。

明媚艳丽的花朵，能够支撑多长时间。一旦凋谢飘零就难以寻觅。

花开容易看到，花落难以找寻。愁坏了台阶前我这葬花的人。

独自倚靠花锄，我默默地哭泣。泪珠儿洒上空空的枝头，化作斑斑血痕。

已到黄昏，杜鹃泣尽了血泪不再哀鸣。扛着花锄，我回房关上重重闺门；

清冷的灯光映照墙壁，刚刚入睡。寒凉的春雨敲打窗户，被窝里冷冷冰冰。

奇怪是什么事情，让我这样格外伤心？一半是对春天的怜爱，一半是恼恨。

怜的是她来的突然，恼的是她去的匆忙。来时悄然无语，去时一声不吭。

昨夜院外传来一阵阵悲凉的歌声。不知道是花儿的灵魂，还是那鸟儿的精灵？

花儿的灵魂，鸟儿的精灵，都难以挽留。问原因，鸟儿不言，花儿含羞。

我多么希望，臂下能够生出一双翅膀。陪伴那飞花，飞向那天地的尽头。

但是那天地的尽头，美丽芬芳的花冢在哪儿？

不如用这锦囊，装下你娇艳的尸骨。用一堆洁净的泥土，掩埋你这绝代风流。

你生来纯洁无瑕，归去也要清清白白。决不让你沾染污秽，陷进肮脏的河沟。

花儿啊，你今天死去，我来把你收葬。不知道我这薄命的人啊，何时身亡？

我今儿葬花，人们都笑我痴情。等到我死去的时候，有谁把我掩埋？

不信请看这残春景色，花儿渐渐飘落。那正是红颜少女，衰老死亡的时刻。

一旦春天消尽，少女也衰老红颜变白发。花儿凋谢，人也死去，花儿和人儿就再也不会相互怜惜了！

【说明】

林黛玉为怜桃花落瓣，曾将它收集起来葬于花冢。如今她又来至花冢前，自比落花，十分伤感地哭吟了此诗。

《葬花吟》是林黛玉感叹身世遭遇、体现黛玉性格特性的代表作品。全诗哀伤凄婉，抒发对世态炎凉、人情冷暖的愤懑；表现出不愿同流合污、不甘低头屈服的孤傲不阿的刚烈性格。

第二十八回

红豆[1]曲

【原文】

滴不尽相思血泪抛红豆，开不完春柳春花满画楼[2]，睡不稳纱窗风雨黄昏后，忘不了新愁与旧愁，咽不下玉粒金莼[3]噎满喉，照不见菱花镜里形容瘦。展不开的眉头，捱[4]不明的更漏[5]。呀！恰便似[6]遮不住的青山隐隐，流不断的绿水悠悠[7]。

【注释】

① 红豆——又名相思豆，常绿乔木红豆树结的种子，鲜红色，常用来象征相思或爱情。

② 画楼——雕梁画栋的朱楼。

③ 玉粒金莼——指珍馐美味，以“玉”和“金”形容米饭和菜肴。莼，水生蔬菜。

④ 捱——通“挨”，度日如年之意。

⑤ 更漏——即漏壶，古代计时工具，这里指漫漫长夜。

⑥ 恰便似——隐隐约约，不分明。

⑦ 悠悠——悠远，长久。

【说明】

宝玉在冯紫英家的酒宴上，独出心裁地拟出一个新鲜酒令，并首先做出示范。宝玉在脂粉堆里长大，对这样的“女儿令”自然不在话下，随口吟出此相思小曲。

第三十四回

题帕三绝

【原文】

其一

眼空蓄泪泪空垂，暗洒闲抛却为谁？
尺幅鲛绡①劳解赠，叫人焉得不伤悲！

其二

抛珠滚玉只偷潸②，镇日无心镇日闲。
枕上袖边难拂拭，任他点点与斑斑。

其三

彩线难收面上珠③，湘江旧迹④已模糊。
窗前亦有千竿竹，不识香痕渍也无⑤？

【注释】

① 鲛绡——手帕。传说海中有鲛鱼（美人鱼），在海底织绡（丝绢），她流出的眼泪会变成珍珠。故常以鲛绡来指揩眼泪的手帕。

② 潸——泪流不止的样子。

③ 彩线难收——难用彩线串起来的意思。“面上珠”指脸上的泪水，自然无法用线串起来。

④ 湘江旧迹——湘妃哭舜的泪痕。湖南湘江一带特产一种斑竹，上有天然的紫褐色斑点，状如泪痕，相传是娥皇、女英（尧之二女，都嫁给舜为妃）为舜恸哭，泪下沾竹而染成，又称湘妃竹。

⑤ 不识——不知道。香痕，指泪痕。渍也无，沾上了没有？

【说明】

宝玉挨打，怕黛玉担心，让晴雯去看黛玉，并送来两块平日里自己用过的旧手帕。黛玉心领神会，十分感动，便提笔在帕上题了这三首绝句。这一情节是宝黛爱情发展的重要标志：宝玉不顾礼法，私自表赠情物；黛玉不避嫌疑，大胆倾诉恋情。黛玉在这三首诗中第一次比较直接地表达了自己对宝玉的感情和对未来的担忧，也是二人感情明朗化的一个开端。从此之后，两人就再也没有像之前那样争吵过。

第三十七回

招宝玉结诗社帖◆贾探春

【原文】

娣探谨奉[1]

二兄文几[2]：

前夕新霁，月色如洗，因惜清景难逢，讵忍就卧[3]，时漏已三转[4]，犹徘徊于桐槛之下[5]，未防风露所欺，致获采薪之患[6]。昨蒙亲劳抚嘱，复又数遣侍儿问切[7]，兼以鲜荔并真卿墨迹见赐，何痌瘝[8]惠爱之深哉！今因伏几凭床处默[9]之时，因思及历来古人中，处名攻利夺之场[10]，犹置些山滴水之区，远招近揖[11]，投辖攀辕[12]，务结二三同志，盘桓于其中，或竖[13]词坛，或开吟社。虽一时之偶兴，遂成千古之佳谈。娣虽不才，窃同叨栖处于泉石之间[14]，而兼慕薛林[15]之技。风庭月榭，惜未宴集诗人；帘杏溪桃，或可醉飞吟盏[16]。孰谓莲社之雄才，独许须眉[17]，直以[18]东山之雅会，让余脂粉。若蒙棹雪而来[19]，娣则扫花以待[20]。此谨奉。

【注释】

① 娣探谨奉——妹妹探春小心地送上。娣，女弟。古时女子对姊而言称娣，对兄而言称妹。探春对宝玉不以“妹”自称，而代之以“娣”，显得幽默而又亲密无间。

② 文几——古人的书案。

③ 清景——清明的月色。讵忍就卧，怎么忍心舍此景色而去睡觉呢？讵(jù)，无、不。

④ 时漏已三转——当时已是三更天。漏已三转，夜已三更的意思。

⑤ 桐槛之下——梧桐树下的窗边或栏杆旁。

⑥ 采薪之患——意思是背柴或打柴劳累，体力还未恢复。这里是身患小毛病的委婉说法。

⑦ 抚嘱——抚慰和叮嘱。问切，问候、关切。

⑧ 瘝痌（guān tóng）——疾病，痛苦。这里指宝玉对病中探春的关心。

⑨ 伏几凭床处默——默默地凭伏着几案而坐。指自己独在房中想问题。

⑩ 名攻利夺之场——争名夺利的场所。

⑪ 些山滴水之区——很小的山水园区。些，少，小。揖，拱手礼，这里是面邀的意思。

⑫ 投辖攀辕——挽留客人心切。辖，古代车上的零件，多用青铜制成，插在轴端孔内。投辖，把客人的车辖扔掉，使客人不得离去。辕，压在车轴上伸出在车子前端、驾车用的直木或曲木。攀辕，也就是牵挽住车子不让走。

⑬ 竖——直立，这里指创建、树立。吟社，诗社。

⑭ 窃——私下里，是表示个人行动、意见的谦词。叨，谦词，在这里有“幸运一道”的意思。栖处，居住。泉石之间，指大观园。

⑮ 薛林——薛宝钗、林黛玉。雅调，风雅的才调。

⑯ 醉飞吟盏——醉酒传杯，吟诗把盏。飞，形容举杯。

⑰“孰谓”句——谁说只允许男子们结社以召集有才之士。孰，谁。莲社，宣扬佛家经学的院社，泛指深远的学问。

⑱ 直以——即使……也当……东山之雅会，像谢安那样风雅地聚会。晋代谢安，曾隐居东山，后常以“东山”来指称他。余，我们。脂粉，女子。

⑲ 棹雪而来——乘兴而来。棹（zhào），划船工具。

⑳ 扫花以待——殷勤期待。

【译文】

妹妹探春小心地把请柬送到二哥哥书案前：前天晚上刚雨过天晴，月色清新得如同梳洗过的样子，我因为珍惜这个难得一见的清净美景，怎么忍心就此睡下？当时已经三更，我依然在院中梧桐树荫下徘徊，没有提防受到寒风露水的侵袭，以致感染了风寒。

昨天承蒙哥哥亲自来抚慰，嘱咐我安心养病，后来又派丫鬟细心问候，而且还把新鲜荔枝和颜真卿的墨迹送给我，对我病痛的关心是多么深切啊！

今天靠在书桌前望着床默默思考的时候，因为想到历来古人身处名利官场，还布置一些精致的山水园区，招揽挽留远近而来的亲戚、情投意合的朋友，务必结交相当数量的志同道合者在园区里游乐，有的建立词坛，有的开设诗社，虽然都是一时偶然的兴致，但都成为千古的佳话。

妹妹虽然没有什么才华，私下想到和大家同住在泉水、奇石环绕的园中，又羡慕宝姐姐和林妹妹的文采。清风庭内，明月榭上，可惜没能以宴会聚集，邀请作诗之人；杏帘旗下，桃溪岸边，也许可以醉酒传杯，把盏吟诵诗文。

怎么能说掌握深远学问的才子，只能是男人；即使像谢安隐居时那样的高雅聚会，也应当让我们这些女子一展所长。

如果能请到二哥哥踏雪而来，亲身加入诗社，妹妹将扫除一地落红，期待您的到来。

以上是妹妹恭恭敬敬写给您的。

【说明】

初秋季节，贾政出差离家，宝玉在园中百无聊赖。贾探春写此帖，差丫鬟翠墨送给宝玉，提议邀集大观园中有文采的诸姐妹成立诗社。

送白海棠帖◆贾芸

【原文】

不肖男[①]芸恭请父亲大人万福金安：

男思自蒙天恩，认于膝下[②]，日夜思一孝顺，竟无可孝顺之处。前因买办花草，上托大人[③]金福，竟认得许多花儿匠，并认得许多名园。因忽见有白海棠一种，不可多得，故变尽方法，只弄得两盆。大人若视男是亲男一般，便留下赏玩。因天气暑热，恐园中姑娘们不便，故不敢面见。奉书恭启，并叩台安[④]。男芸跪书。

【注释】

① 不肖男——不肖儿子。

② 膝下——子女幼时依恋于父母的膝下，因而常以“膝下”表示对父母的敬爱。

③ 大人——即父亲大人，指贾宝玉。

④ 台安——大安，信末常用敬语。

【说明】

宝玉比贾芸年龄小，但辈分高一辈。贾芸为讨宝玉喜欢，自认为儿。经凤姐安排，得大观园花草差事，利用职务之便，送几盆白海棠给宝玉，并模仿学究写此帖。

咏白海棠（四篇）

【说明】

探春写信给宝玉，提议结社作诗。恰在这时贾芸孝敬宝玉两盆珍贵的白海棠，大家便借此成立了海棠诗社，推李纨为社长，负责评诗，迎春限韵，惜春监场。这是大观园众姊妹结成“海棠诗社”后首次吟咏，共六首七律《咏白海棠》诗。其中探春、宝钗、宝玉、黛玉各作一首，湘云后来补作两首。规则是：1. 限题，六首诗都以白海棠为题；2. 限韵，依次用“门、盆、魂、痕、昏”五字为韵脚。

其一（贾探春）

【原文】

斜阳寒草①带重门，苔翠②盈铺雨后盆。
玉是精神难比洁，雪为肌骨易销魂③。
芳心一点④娇无力，倩影三更月有痕⑤。
莫谓缟仙能羽化⑥，多情伴我咏黄昏。

【注释】

① 寒草——秋草。

② 苔翠——即翠苔，青翠的苔藓。盈铺，铺满。

③“玉是”二句——以玉和冰雪喻白色的海棠花。又以花拟人，极言白海棠如美人肌肤洁白如雪，使人销魂倾倒。

④ 芳心一点——白海棠的一颗芳心，或指海棠刚刚开始绽放时的幼小花朵。

⑤“倩影”句——深夜的月亮照出了白海棠美丽的身影。倩影，俏丽的身影。月有痕，月光映照下的痕迹（影子）。

⑥“莫道”句——不要说白衣仙女会升天飞去。缟（gǎo），古时一种白色的丝织品。缟仙，白衣仙女，喻白海棠。羽化，道家对成仙或飞升的称谓，意思是化为飞鸟，可以上天。

【译文】

夕阳下，衰草连到院门；秋雨后，青苔铺满花盆。

美玉难比你的高洁，你的肌骨如雪，使人失魄销魂。

清早你柔弱婀娜娇弱无力，夜深月下有你美丽的身影。

不要说你像仙女一样升天而去，多情的海棠花儿，我们一起来咏唱这充满诗意的黄昏。

其二（薛宝钗）

【原文】

珍重芳姿①昼掩门，自携手瓮②灌苔盆。
胭脂洗出秋阶影③，冰雪招来露砌魂④。
淡极⑤始知花更艳，愁多焉得玉无痕⑥？
欲偿白帝宜清洁⑦，不语婷婷日又昏⑧。

【注释】

① 珍重芳姿——珍惜看重自己的身份。芳姿，白海棠美丽的身姿。

② 手瓮——可提的盛水陶器。

③“胭脂”句——台阶旁有洗去胭脂的秋海棠的倩影。洗出，洗掉所涂抹的胭脂颜色而显出本色。

④“冰雪”句——露砌边招来冰雪的精魂。露砌，带着露水的台阶。

⑤ 淡极——清淡到极点，不涂脂抹粉，“天然去雕饰”之意。

⑥“愁多”句——花儿愁多怎能没有痕迹。玉，指海棠花。以花拟人，花“痕”则为泪痕，指花怯弱含露的样子。

⑦“欲偿”句——花儿报答白帝雨露化育之恩，应使自身保持清丽洁白。白帝，西方之神，管辖秋事。

⑧ 婷婷——美丽妩媚的样子。日又昏，又到黄昏，照应首句的“昼”。

【译文】

珍重花儿身份高贵，大白天也关上院门，
我手拿水壶，浇灌那长满青苔的海棠花盆。
台阶上秋霜洗尽胭脂，露出你美丽的身影，

秋露招来了你冰雪的精魂。
清淡到极点才认识花的分外明艳。
愁思多多怎能使白玉没有瘢痕？
要报答秋神白帝的恩惠就应当这样保持洁净，
你默默无语，亭亭玉立，天色已经又到了黄昏。

其三（贾宝玉）

【原文】

秋容[①]浅淡映重门，七节攒成[②]雪满盆。
出浴太真[③]冰作影，捧心西子[④]玉为魂。
晓风不散愁千点[⑤]，宿雨[⑥]还添泪一痕。
独倚画栏[⑦]如有意，清砧怨笛[⑧]送黄昏。

【注释】

① 秋容——指秋天海棠花的姿容。

② 七节攒成——花在枝上层层而生，开得很繁盛。七节，形容层次多，非实指。攒，集聚。雪，喻白海棠花（因海棠色白）。

③ 出浴太真——喻白海棠。太真，杨贵妃。传说唐玄宗曾赐浴华清池，白居易在《长恨歌》中形容她肤如“凝脂”“娇无力”；玄宗曾用“海棠睡未足”取笑杨贵妃的醉态。

④ 捧心西子——传说春秋时美女西施有心痛疾病，经常捧胸皱眉，却显得更好看。这里指花儿娇弱之态。

⑤ 愁千点——指花儿愁多，因花繁而用“千点”。

⑥ 宿雨——经夜之雨。

⑦ 独倚画栏——指花孤单，以花喻人。

⑧ 清砧怨笛——均与悲愁分离有关。砧，捣衣石。古时常秋夜捣衣，诗词中多借以写妇女思念丈夫的愁怨。

【译文】

朴素淡雅的姿容映衬院门，层层簇拥像白雪满盆。
身姿似出浴太真那样冰清，灵魂像捧心西子那样玉洁。
清晨的风儿，吹不散你愁花千点；隔夜的雨儿，又使你增添一道泪痕。

独自倚靠在画栏旁，是不是又要在清冷的砧声、幽怨的笛音中，挨过又一个漫长的黄昏?

其四（林黛玉）

【原文】

半卷湘帘[①]半掩门，碾冰为土玉为盆[②]。
偷来梨蕊三分白，借得梅花一缕魂[③]。
月窟仙人缝缟袂[④]，秋闺怨女拭啼痕。
娇羞默默同谁诉？倦倚西风夜已昏。

【注释】

① 湘帘——湘妃竹制成的门帘。

②“碾冰”句——把冰碾碎做栽花的土，花盆是用玉做的。喻花的冰清玉洁。

③“偷来”二句——意即如梨花白净，似梅花风骨，集两者优点于一身。

④“月窟”句——月窟，月中仙境。因仙人多居洞窟之中，故名。袂，衣袖，衣裳。缟袂，白色衣裳，喻白海棠。

【译文】

湘帘半卷，院门半掩；花土是碾碎的冰块，花盆用白玉制成。

姿容无瑕，想是偷来了梨蕊的洁白；玉骨傲雪，定是借得梅花的香魂。

恬静似月宫上的仙女默默地缝制缟衣，娇弱如秋闺中的姑娘幽怨地擦拭泪痕。

娇滴滴、羞答答，含情脉脉，与谁诉说？倦无力、倚栏杆，西风相伴，夜已昏暗。

其五（史湘云）白海棠和韵二首

【原文】

(1)

神仙昨日降都门[①]，种得蓝田玉[②]一盆。
自是[③]霜娥偏爱冷，非关倩女欲离魂[④]。

秋阴捧出何方雪⑤？雨渍添来隔宿痕。
却喜诗人吟不倦，肯令寂寞度朝昏⑥？

(2)

蘅芷阶通萝薜门⑦，也宜墙角也宜盆。
花因喜洁难寻偶⑧，人为悲秋易断魂⑨。
玉烛滴干风里泪⑩，晶帘隔破月中痕⑪。
幽情欲向嫦娥诉⑫，无奈虚廊⑬夜色昏。

【注释】

① 都门——京都，这里指大观园，因为大观园在“帝城西”。

② 蓝田——县名，位于陕西，古时以产美玉著名。这里以蓝田玉喻白海棠。

③ 自是——本是。霜娥，主管霜雪的女神，亦称青女。

④“非关”句——源于唐传奇《离魂记》故事：倩娘爱上表兄王宙，父张镒却将她另许他人，两人一起逃婚，在外共居五年后，回家看父母，家人都惊讶不已。这时，从房中跑出倩娘，与回家的倩娘相抱，合成一体。原来当时倩娘怨忿成病，卧床数年不起，跟王宙外逃的只不过是她的魂魄。

⑤ 秋阴——秋天的阴云。雨雪与云阴相关，但秋天无雪，所以要用“何方”二字。“捧出”，拟人手法，也写出了花的形状。

⑥ 肯——岂肯。朝昏，早晚的意思

⑦ 蘅芷——蘅芜、清芷，都是香草名。萝薜，藤萝、薜荔，都是蔓生植物。

⑧ 难寻偶——难以找到知音。

⑨ 断魂——形容悲伤至极。

⑩“玉烛”句——白玉色的蜡烛，风中很快烧完、蜡泪滴干，剩下一堆凝脂，此喻花。

⑪“晶帘”句——晶帘即水晶帘，从帘内可见帘外景物，唯白色的东西不明显。

⑫“幽情”句——幽情，隐藏在心中的情感。嫦娥，神话人物，本是羿之妻，羿从西王母处带回不死之药，嫦娥偷服后飞向月宫。后在诗词中多以嫦娥写女子的寂寞孤单。因为花儿“难寻偶”，所以只能向嫦娥诉说自己的“幽情”。

⑬ 虚廊，空旷的门廊。

【译文】 (1)

疑似昨天有神仙降临都门，在这里种下蓝田美玉一盆。

本来就是喜欢寒冷的霜雪女神，并非像倩女那样灵魂脱离肉体，去追随恋人。

阴云密布的秋天，哪来的一团晶莹白雪？一夜的雨水使你留下点点泪痕。

令人欣慰的是，诗人们对你兴致不减，长吟不倦，不肯让你孤单寂寞，虚度光阴。

【译文】 (2)

蘅芷香草满院，萝薜爬上院门。你适合种在墙角，也适宜种在花盆。

海棠喜爱高洁，难以找到朋友知音；人伤感秋天的寂寥，容易肝肠寸断。

秋风乍紧，你像蜡烛滴干的眼泪；晶帘相隔，只见月光下你的斑驳倩影。

幽怨情思，想对月中嫦娥诉说；无可奈何，廊上空荡荡，夜色昏沉沉。

第三十八回

藕香榭对联

【原文】

芙蓉[1]影破归兰桨[2]，菱藕香深泻竹桥。

【注释】

① 芙蓉——指水芙蓉，即荷花。
② 兰桨——木兰制的桨，代指小舟。

【译文】

船桨摇动，小舟归来，划破水中芙蓉花影；菱藕满池，芳香四溢，竹桥也沾芬芳。

【说明】

藕香榭盖在池中，四面开窗，左右有曲廊，池有荷花，水面上有竹桥。

菊花诗（十二首）

十二首菊花诗，从《忆菊》开始，到《残菊》结束，写的是由初始到极盛再衰败的整个过程。把花拟人，作者借以表达金陵十二钗万艳同悲千红一窟的悲惨命运及结局。

（1）忆菊[1]◆蘅芜君（薛宝钗）

【原文】

怅望西风抱闷思[2]，蓼红苇白断肠时[3]。
空篱旧圃秋无迹[4]，瘦月清霜梦有知[5]。
念念[6]心随归雁远，寥寥[7]坐听晚砧痴。
谁怜我为黄花[8]病，慰语重阳[9]会有期。

【注释】

① 忆菊——菊花尚未开放时候的追忆思盼。

②“怅望”句——怅望，惆怅地盼望。西风，秋风，指晚秋季节；抱闷思，苦苦地思索。因为菊花在晚秋开放，所以作者盼望“西风”。

③“蓼红”句——蓼，水蓼，花小色红。苇，芦苇，开白花。蓼红苇白时菊尚未开，作者急切盼望，所以用“断肠”。

④ 秋无迹——没有秋天的踪影，指秋天未到。

⑤ 梦有知——梦中见到菊花。

⑥ 念念——念念不忘之意。

⑦ 寥寥——寂寞；孤单。

⑧ 黄花——指菊花。

⑨ 重阳——农历九月九日重阳节。

【译文】

惆怅地盼望着西风，我愁绪满怀。水蓼花红了，芦苇花白了，可不见菊花，我心悲伤。

篱笆空空，花圃依旧，秋天尚无迹象；冷冷的月光，薄薄的秋霜，菊花盛开还只在梦乡。

思念之心，随着南飞的大雁渐行渐远；孤单寂寞，唯有独坐静听捣衣声响打发长夜时光。

有谁怜悯懂得我为思念菊花而憔悴？宽慰我不久就能与菊花相会，因为很快就到九九重阳。

【说明】

宝钗忆菊“忆”的很苦。诗中大量使用的“怅望”“抱闷思”“断肠时”“空篱旧圃”“冷月清霜”等凄凉词汇，体现的是宝钗内心的惆怅与无奈。

（2）访菊[①]◆怡红公子（贾宝玉）

【原文】

闲趁霜晴[②]试一游，酒杯药盏莫淹留[③]。
霜前月下谁家种？槛外篱边何处秋[④]？
蜡屐[⑤]远来情得得[⑥]，冷吟[⑦]不尽兴悠悠。

黄花若解怜诗客[8]，休负今朝挂杖头。

【注释】

① 访菊——接第一首诗，“忆”之不得，故“访”。
② 霜晴——霜后的晴天。
③ 淹留——逗留、滞留。
④ 何处秋——秋色在何处，即菊花在哪儿，因为菊花代表秋色。
⑤ 蜡屐（Jī）——木底鞋，古人制屐上蜡。
⑥ 情得得——兴高采烈之意。
⑦ 冷吟——微声轻语。
⑧ 诗客——作者自己。

【译文】

秋高气爽闲暇时，赶紧出门游一游。美酒佳肴不稀罕，吃药碗盏丢一边。
清霜前，冷月下，谁家种菊花？栏杆外篱笆边，何处见到她？
穿木鞋，走远道，乘兴而来；轻声语，低吟诵，津津有味。
菊花啊，你若是懂我，就该枝头高挂，别辜负我的美意——遍寻你的芳华。

【说明】

宝玉是大观园诗社里唯一男性，作者安排他作《访菊》和下首《种菊》，体现的是护花使者宝玉对女孩无限爱护尊重与喜欢，是宝玉自身行为的写照。

（3）种菊[1]◆怡红公子（贾宝玉）

【原文】

携锄秋圃自移来，篱畔庭前故故栽。
昨夜不期[2]经雨活，今朝犹喜带霜开[3]。
冷吟秋色[4]诗千首，醉酹[5]寒香[6]酒一杯。
泉溉泥封[7]勤护惜，好和井径[8]绝尘埃。

【注释】

① 种菊——本意栽菊苗。因上首诗访之不得，就干脆自己栽培了。
② 昨夜——和“今朝”都非确指，时间不长的意思。不期，没想到。

③ 带霜开——顶着寒霜开。
④ 秋色——指菊花。
⑤ 酹（lèi）——把酒浇在地上。
⑥ 寒香——菊花弥漫的香气。
⑦ 泉溉泥封——泉水浇灌，培土护根。
⑧ 井径——田间小路，这里指尘世。

【译文】

手拿锄镐，从苗圃把移出菊苗，在篱笆旁庭院中处处栽下。
不曾想经过细雨，很快成活，更高兴的是接着就顶着秋霜开花了。
轻声吟诵秋菊诗千首之多，沉醉于菊花的清香，我泼酒撒地以庆贺。
我要殷勤呵护，用清泉浇灌，沃土培根，让我的最爱，隔绝尘世，远离尘埃。

【说明】

宝玉绰号“绛洞花主”，其爱花护花之心切、之细腻、之癖好，活脱脱护花使者形象。

（4）对菊①◆枕霞旧友（史湘云）

【原文】

别圃移来贵比金，一丛浅淡一丛深。
萧疏②篱畔科头③坐，清冷④香中抱膝吟。
数去⑤更无君傲世⑥，看来惟有我知音。
秋光荏苒⑦休辜负，相对原宜惜寸阴。

【注释】

① 对菊——即和菊面对面，观菊之状态，抒发感想、寄望。
② 萧疏——清冷寂寞。
③ 科头——不戴帽子，这里指湘云脱下头巾。
④ 清冷——微冷，深秋季节气温。
⑤ 数去——数来数去。
⑥ 傲世——菊不畏风霜，冒寒开放。
⑦ 荏苒——指时间一点点流逝，不知不觉地过去。

【译文】

离开苗圃来到这，你比金子还珍贵；花色有浅淡，也有浓深。

萧条的篱笆边，我解下头巾坐在你身旁。天气微冷，我双手抱膝，嗅着清香，为你吟唱。

历数百花，孤标傲世只有你；看来看去，唯你可做我知音。

秋天的时间在流淌，不可辜负；两情相悦，更应该珍惜这相处好时光。

【说明】

史湘云与菊花对坐，把自己拟作菊花，体现的是史湘云“英豪阔大宽宏量”，“是真名仕自风流”跃然纸上。

（5）供菊[①]◆枕霞旧友（史湘云）

【原文】

弹琴酌酒喜堪俦[②]，几案婷婷[③]点缀幽。
隔座[④]香分三径[⑤]露，抛书[⑥]人对一枝秋[⑦]。
霜清[⑧]纸帐[⑨]来新梦，圃冷斜阳忆旧游[⑩]。
傲世也因同气味[⑪]，春风桃李[⑫]未淹留[⑬]。

【注释】

① 供菊——把菊花插在几案花瓶中供赏玩。

② 喜堪俦——欢喜有菊花相伴。俦，伴侣。

③ 婷婷——美好的样子，喻菊花。

④ 隔坐——与座椅隔开。

⑤ 三径——院中小路，这里指菊花生长的地方。

⑥ 抛书——为了赏菊，抛开书不读。

⑦ 一枝秋——一枝菊花（菊花代表秋天）。

⑧ 霜清——霜后清冷。

⑨ 纸帐——古时富贵人家用藤皮茧纸缝制成的帐子，以薄布为顶，绘有花卉图案。

⑩ 忆旧游——回忆之前赏菊时的情景。

⑪ 同气味——气味相投，即性格脾气一致。

⑫ 春风桃李——泛指俗世。

⑬ 未淹留——没兴趣，不留恋。

【译文】

有你相伴，俺高兴地弹琴饮酒。书桌上你亭亭玉立，把屋子装点得典雅清幽。

隔着座椅，你的清香沁人心脾，还似园中带着露珠一样。无心读书，我和你深情凝望。

睡卧纸帐，还梦见你傲霜盛开；夕阳西下，又回忆起在清冷的花圃里看到你的情景。

气味相投，傲世不俗，我们都不稀罕艳红的桃李，和煦的春风。

【说明】

史湘云因供菊而拓展了想象空间，再次自比菊花，表达了平和恬淡，不与世俗同流合污的理想追求。

（6）咏菊[1]◆潇湘妃子（林黛玉）

【原文】

无赖诗魔[2]昏晓侵，绕篱攲[3]石自沉音[4]。
毫端[5]蕴秀临霜写，口齿噙香对月吟。
满纸自怜题素怨[6]，片言谁解诉秋心？
一从陶令平章后[7]，千古高风[8]说到今。

【注释】

① 咏菊——歌颂菊赞美菊。

② 无赖诗魔——写诗的欲望纠缠不休。

③ 攲——通“倚”。斜倚，斜靠。

④ 自沉音——独自低声吟咏。

⑤ 毫端——毫毛的末端，比喻细微之物。这里指菊花花瓣纤细，如毛笔尖。

⑥ 素怨——即秋怨。

⑦“一从”句——一从，自从。陶令，陶渊明，做过县令，曾写下“采

菊东篱下，悠然见南山”名句。平章，品评文章。

⑧ 高风——高尚的品格。

【译文】

像着了魔一样，早早晚晚，诗意涌动。绕篱漫步，倚石站立，我独自推敲构思。

你花瓣纤细，像是毛豪细笔在寒霜中书写华章；你花蕊含香，又如佳丽秀口在对月吟唱。

满纸笔墨写的都是自怜自怨，片言只语诉说谁能是我知音？

自从陶渊明写过那句咏菊千古名句后，你高风亮节的品质就一直传颂至今。

【说明】

此诗被评为是菊花诗十二首之冠。全诗不仅讴歌了菊花秀美、沁香、耐寒的优秀品质，同时又借此表达淡淡的哀愁。“满纸自怜题素怨”，写出了黛玉平素多愁善感、自怨自艾的情状；“片言谁解诉秋心”，道出了不被人理解的苦闷。最后借陶渊明咏菊花诗，暗示自己和菊花一样，高风亮节，品质高洁。

（7）画菊◆蘅芜君（薛宝钗）

【原文】

诗余①戏笔②不知狂，岂是丹青③费较量④？
聚叶泼成千点墨⑤，攒花⑥染出几痕霜⑦。
淡浓神会风前影⑧，跳脱秋生腕底香③⑨。
莫认东篱闲采掇⑩，黏屏⑪聊以慰重阳⑫。

【注释】

① 诗余——作诗之余，指接前面的《咏菊》诗而开始画菊。

② 戏笔——随意用笔写画。

③ 丹青——绘画所用的颜料，亦代作画。

④ 较量——计虑，思索如何妥当。

⑤“聚叶”句——把菊叶画得茂密，故用“千点”。千点，指很多很多；

⑥ 攒花——众多花瓣聚集状。

⑦ 染出几痕霜——画出花瓣上的霜痕。

⑧“淡浓”句——淡浓，指画面上着色的浓淡。神会，观察领会。风前影，菊花在风中摇曳多姿的景象。

⑨“跳脱”句——跳脱，活灵活现。秋生腕底香，即“腕底生秋香”。腕底，手腕下，这里指纸上的画。

⑩ 东篱——指陶渊明；掇（duō），摘取。

⑪ 黏屏——把画贴在屏风上。

⑫ 慰重阳——以观画代替重阳节赏菊，姑且安慰一下寂寞的心情。

【译文】

作诗之余，拿起画笔肆意涂抹，不顾轻狂；冥思苦想，菊花的神韵岂是颜料能画出的吗？

繁茂的菊叶是由无数个点点滴滴的墨汁泼洒而成；浓密的菊花形象逼真，好像染上秋霜。

色彩浓淡相宜，像在风前摇摆；形态跳跃脱俗，似纸上活色生香。

别以为这是陶渊明种的真菊花，而去采摘；把画张贴在屏风上，在这重阳佳节聊以自慰吧。

【说明】

画菊达到以假乱真的地步。此诗暗示宝钗内心对菊花品质的向往，但“宝钗行为豁达，随分从时，不比黛玉孤高自许，目无下尘”。所以实现不了，只能“黏屏聊以慰重阳”，画饼充饥而已。

（8）问菊◆潇湘妃子（林黛玉）

【原文】

欲讯秋情众莫知，喃喃负手叩东篱[①]。
孤标傲世偕谁隐？一样花开为底迟？[②]
圃露庭霜何寂寞？鸿归蛩病[③]可相思？
休言举世无谈者，解语[④]何妨片语时。

【注释】

①“喃喃”句——喃喃，象声词，低语声；负手，背着手；叩，旧时一

种礼节，叩拜叩首等等；东篱，代指菊花。

②“孤标”两句——孤标，孤高的品格；标，本义是树梢，借指高洁；偕，同……一起。隐，归隐；为底，为什么这样；底，何。

③ 鸿归——指深秋大雁南去。

④ 解语——善解人意。

【译文】

想了解菊花情况，大家不知道；背着手来菊花旁，轻轻地叩问。

你孤傲清高，是想偕谁一同归隐？百花都在春季开放，你为什么迟开在深秋？

苗圃里落满寒露，庭院里遍布清霜，你是何等寂寞？大雁南去，昆虫将亡，你是否还在相思？

不要说全世界都没有知己，我理解你，懂你，何不和我聊一会儿呢？

【说明】

林黛玉失去父母，在贾府孤孤单单，苦闷彷徨，整天陷于痛苦之中。诗中黛玉借问菊花，实是问自己。对黛玉来说，知己只有宝玉一人，却还没有敞开心扉，痛痛快快畅叙衷曲。

（9）簪菊[①]◆蕉下客（贾探春）

【原文】

瓶供篱栽日日忙，折来休认镜中妆。
长安公子[②]因花癖，彭泽先生[③]是酒狂。
短鬓冷沾三径露，葛巾香染九秋霜[④]。
高情[⑤]不入时人眼，拍手凭他笑路旁。

【注释】

① 簪菊——即把菊花插在头发上。

② 长安公子——指唐代诗人杜牧，写过诗句“尘世难逢开口笑，菊花须插满头归”。

③ 彭泽先生——指陶渊明，此人爱作诗、喜菊花、好饮酒。

④“短鬓”两句——短鬓，耳两边短发；三径、九秋，指代菊；葛巾，

用葛布做的头巾。

⑤ 高情——高雅情趣。

【译文】

花瓶供篱边栽天天奔忙，折菊花戴头上，镜中的自己已变了模样。
杜牧爱菊成癖，陶渊明嗜好美酒，如痴如狂。
短鬓冰凉，那是沾染了菊花的露水；头巾浓香，那是浸染了菊花的芬芳。
高雅的情趣，平常人看不惯；特立独行，任凭他人拍手嘲笑在一旁。

【说明】

探春是贾政之庶出女儿，虽然“才自精明志自高”，但内心始终走不出庶出的阴影，为此探春时刻想改变，努力着，奋斗着，也掩饰着。但命运捉弄，最终也没逃过远嫁结局。

（10）菊影[①]◆枕霞旧友（史湘云）

【原文】

秋光叠叠复重重，潜度偷移三径中[②]。
窗隔疏灯描远近，篱筛破月锁玲珑[③]。
寒芳留照魂应驻，霜印传神梦也空[④]。
珍重暗香[⑤]休踏碎，凭谁醉眼认朦胧[⑥]。

【注释】

① 菊影——菊花影子。

② 秋光——即秋日阳光下的菊花影子；潜度偷移，指菊影在不知不觉地移动。

③ 疏灯——黯淡灯光；破月，月光划破。

④ 寒芳——寒夜里的菊花；霜印，指菊影；魂应驻，花魂应该也留在菊影之中。

⑤ 暗香——指菊，因写月夜花影，所以用“暗”。

⑥ 醉眼——酒后迷糊的眼睛，喻对菊花情有独钟之人。

【译文】

秋阳下，菊花影子叠叠重重，无声无息在庭院中移动。

夜晚，窗外稀疏的灯光下你或远或近；月光透过筛子似的篱笆墙，映射你的精巧。

你留下倩影，芳魂更应该在此长存；秋霜印染，你逼真传神，我却梦中不闻。

珍惜你的芬芳，别踏碎你玲珑美丽身影，使得痴迷你的人儿，模模糊糊，难以辨认。

【说明】

描写菊花在日光、灯光、月光照射下的各种神态。虽然写的是虚影，却道出了菊花的丰富内涵——傲气、高雅、清新，体现出史湘云“英豪阔大宽宏量”的人生态度。但“魂应驻”“梦也空”还是映射了史湘云悲惨结局。

（11）菊梦① ◆潇湘妃子（林黛玉）

【原文】

篱畔秋酣②一觉清，和云伴月③不分明。
登仙非慕庄生蝶④，忆旧还寻陶令盟⑤。
睡去依依⑥随雁断，惊回故故恼蛩鸣⑦。
醒时幽怨同谁诉？衰草寒烟⑧无限情。

【注释】

① 菊梦——梦见菊花。
② 秋酣——在菊花边酣睡。
③ 和云伴月——梦中似仙人一样腾云驾雾，逐日追月。
④ 庄生蝶——源自成语“庄生梦蝶”，庄周梦见自己变成了蝴蝶，比喻梦中乐趣或人生变化无常。
⑤ 陶令盟——指陶渊明与菊花的盟约。
⑥ 依依——留恋，不忍分离；雁断，大雁南飞时节已过，意为冬季，菊花残了。
⑦ 故故——屡屡，时时；蛩鸣，昆虫叫声，指夏季。
⑧ 衰草寒烟——泛指深秋季节，菊花盛开的时候。

【译文】

篱畔下，菊花旁，酣睡一场。梦中依稀，腾云驾雾相伴月亮。

梦里登入仙界，不是像庄周化蝶那样寻乐；而是去追寻陶渊明的深情与菊花的约定。

梦里虽是依依不舍，大雁还是南飞；梦断惊醒，无休止的蟋蟀叫声令人烦闷。

清醒时分，这种隐秘的哀怨跟谁诉说呢？衰草连天寒烟漠漠的秋天，无数枝菊花，却就盛开在身边。

【说明】

梦中心情幽怨，因为梦中所见，是冬季的“雁断”；梦中所闻，是夏季的“蛩鸣”。冬夏皆无菊。醒来尚在幽怨，但当清醒之后，发现菊花在身边，还是以愉快的心情收尾。尾句“衰草寒烟无限情！”以菊比喻自己，尽管身处寒秋季节，但仍然傲然绽放，独自芬芳，显示自己高洁的品质。

（12）残菊[①]◆蕉下客（贾探春）

【原文】

露凝霜重渐倾欹[②]，宴赏才过小雪时。
蒂[③]有余香金淡泊[④]，枝无全叶翠离披[⑤]。
半床落月[⑥]蛩声病[⑦]，万里寒云雁阵迟[⑧]。
明岁秋风[⑨]知再会，暂时分手莫相思。

【注释】

① 残菊——菊花枯萎。

②“露凝”句——露凝，露水凝结。霜重，秋霜厚重，指时间已进入初冬季节。倾欹，倾斜。

③ 蒂——花、叶或瓜、果与枝茎连结的部分部位。

④ 淡泊——指颜色暗淡不鲜。

⑤ 离披——散乱的样子。

⑥ 半床落月——月光半照在院中石栏上，特指凄凉形景。这里的“床”指井边的围栏。

⑦ 蛩声病——指昆虫无叫声，或（已到冬季）昆虫已经死亡。

⑧ 雁阵迟——雁南飞已经过时，指大雁早已南飞了。

⑨ 秋风——秋天季节，也可指菊花。

【译文】

露水凝结，寒霜加重，花枝歪斜；吃酒赏花，节气已过小雪。

闻到蒂上余香，看不见花的金黄色；枝上剩有残叶，散乱披离，不见翠绿色。

夜晚冷月照射庭院，听不见昆虫的鸣叫；白日寒云万里，早已不见雁南飞的人字队形。

菊花啊，明年秋天咱们还会再相会；分别只是暂时，千万莫相思。

【说明】

描述严冬季节菊花残败时的状况，虽感无限惆怅，但仍报以期待。作者安排探春写，想表达探春因庶出闷闷不乐，愁云紧锁但又认真积极想办法改变命运的一种纠结状态。“暂时分手莫相思”伏后来探春远嫁。

螃蟹咏（三首）

【说明】

做完菊花诗、吃蟹赏桂之际，宝玉不减兴致，借蟹为题，先吟诗一首，问谁还敢作。黛玉笑他“这样的诗，一时要一百首也有”，就随手写了一首，但接着就撕了。宝钗也写了一首，受到众人称赞。

其一◆贾宝玉

【原文】

持螯[①]更喜桂阴凉，泼醋擂姜[②]兴欲狂。
饕餮王孙[③]应有酒，横行公子却无肠[④]。
脐间积冷[⑤]谗忘忌，指上沾腥洗尚香。
原为世人美口腹，坡仙[⑥]曾笑一生忙。

【注释】

① 螯——螃蟹的大钳子。
② 擂姜——捣烂生姜。

③ 饕餮王孙——宝玉对自己的戏称。饕餮（tāo tiè），古代传说中贪吃的凶兽，后常用来指人贪馋会吃。

④ 横行、无肠——均语带双关。横行，蟹行走状，螃蟹是横着走路，看似前行，实际横爬，又喻行为无所忌惮。无肠，除字面义外，又喻没心没肺、无动于衷之意。

⑤ 脐间积冷——中医认为，蟹性寒，多食，会积冷于腹内，须用生姜等来解它。

⑥ 坡仙——苏轼，北宋文学家，号东坡居士，人亦称其为坡仙，喜美食。

【译文】

喜欢吃蟹，享受桂树下的阴凉；浇上醋，捣点姜，高兴得发狂。
贪吃的王孙，正需要美酒助兴；横行的家伙，却原来没有肚肠。
因为嘴馋，就忘了顾忌蟹脐性冷；吃完洗手，指上还沾满腥气，留有余香。
你本就是世人盘子中的美食，难怪苏东坡曾经自嘲：一生为嘴而忙。

其二◆林黛玉

【原文】

铁甲长戈[1]死未忘，堆盘色相喜先尝。
螯封嫩玉[2]双双满，壳凸红脂[3]块块香。
多肉更怜卿八足，助情谁劝我千觞[4]。
对兹[5]佳品酬佳节，桂拂清风菊带霜。

【注释】

① 铁甲长戈——形容蟹壳和蟹螯。
② 嫩玉——蟹螯内的嫩肉雪白如玉。
③ 红脂——指蟹黄。
④ 觞（shāng）——古代酒器。
⑤ 兹——此。

【译文】

身上铁甲手中长戈，至死不改威风形象；堆满盘盏形色诱人，幸喜我先品尝。

双螯内藏着的嫩肉如玉，个个饱满；蟹壳里凸起的蟹黄，块块甜香。

最可爱的是你那多肉的八条腿，谁能这样助兴让我饮酒千杯呢？

享受世间美味，不枉这重阳佳节；清风吹拂着桂花，菊花在秋霜中绽放。

其三◆薛宝钗

【原文】

桂霭[①]桐阴坐举觞，长安涎口[②]盼重阳。
眼前道路无经纬[③]，皮里春秋[④]空黑黄。
酒未敌腥[⑤]还用菊，性防积冷定须姜。
于今落釜成何益？月浦[⑥]空余禾黍香。

【注释】

① 桂霭——指桂花的香气。

② 长安涎口——京城里的吃货们。

③ 经——指南北；纬，指东西。

④ 皮里春秋——喻有心机，不露神色。皮里，肚子里，因为蟹有壳无皮。蟹膏有黑黄不同颜色，故以“春秋”喻颜色不同。

⑤ 敌腥——除去腥气。用菊，指所饮菊花酒，非平常的酒，传说重阳饮菊花酒可辟除恶气。

⑥ 月浦——有月光的水边，指蟹原来生长处。

【译文】

桂花香中、梧桐荫里大家饮酒举杯，京城的吃货们都盼望着重阳佳节的到来。

你肆意横行，不走正道；你表面憨厚，实际上没有好心肠。

蟹腥味浓要消除，喝酒当喝菊花酒；蟹冷伤人应提防，吃时定要佐生姜。

落入汤锅被蒸煮，如今你还有什么好说的？月夜水边，只有那禾黍还在飘着清香。

【说明】

本回目中“薛蘅芜讽和螃蟹咏”就指出来宝钗咏蟹诗是重点，所以三首诗中前两首主要是为后者作引，是陪衬。前两首是以蟹说蟹，离不开“吃”

字，宝钗却借题发挥，以寄托自己思想。如众人的评论：“这方是食蟹的绝唱！这些小题目，原要寓大意思才算是大才——只是讽刺世人太毒了些！”特别是其中一句“眼前道路无经纬，皮里春秋空黑黄。”突出反映了宝钗作诗锋芒犀利的一面，如小说中特地强调：“看到这里，众人不禁叫绝。宝玉道：‘骂得通快！我的诗也该烧了。’”

第四十回

探春房内对联

【原文】

烟霞闲骨格，泉石野生涯。

【译文】

天马行空似空中云霞，隐居山林以泉石相伴。

【说明】

小说中说这副对联是唐代名书法家颜真卿的墨迹，中间是宋代名画家米芾（fú）的“烟雨图”。

牙牌令（七篇）

【说明】

贾母两宴大观园席上行的酒令。

牙牌，又称骨牌、牌九，游戏或赌博用具，因一般用牙骨制作，故称“牙牌”。共三十二张，呈长方体，单面刻有点色，上下的点数都是少则一，多至六。一、四点色红，二、三、五、六点色绿。三张牌点色成套的就成“一副儿”，有一定的名称。行令时，宣令者说一张，受令者答一句，说完三张，“合成这一副儿的名字，无论诗词歌赋、成语俗话，比上一句，都要押韵。”小说里令中一、三、五、七单句都是宣令者鸳鸯所说。

其一◆（贾母）

鸳鸯：左边是张“天”①。
贾母：头上有青天②。
鸳鸯：当中是个五合六。
贾母：六桥梅花香彻骨③。
鸳鸯：剩了一张“六与幺”④。

贾母：一轮红日出云霄⑤。

鸳鸯：凑成却是个“蓬头鬼”⑥。

贾母：这鬼抱住钟馗⑦腿。

【注释】

①“天”——上下都是六点的牌叫天牌。

② 头上有青天——俗话，有所谓“做人要凭良心”的意思。

③ 六桥——在杭州西湖苏堤上，北宋时初建，即跨虹、东浦、压堤、望山、锁澜、映波六座桥。堤上多植梅花。这里以“六桥”比六点，以“梅花”比五点。彻骨，形容极香，又与牌的点色刻于骨上相切合。

④ 幺——“一”的另一个说法。

⑤ 一轮红日出云霄——上面的一点色红，以比“一轮红日”；下面的六点色绿，比作青云。

⑥“蓬头鬼”——成套点色的名称，三张牌是六六、五六、幺六，五与幺加起来也是六，成“一副儿”，叫“蓬头鬼”。蓬头鬼：传说的百鬼之一，长相很奇特，头发像针一般直立着，有点爆炸头的感觉。他爱穿颜色鲜艳的衣服，总是出没在森林里等动物密集的地方。当人类杀死动物时，他就会出现，但答应将动物尸体埋好则没事。

⑦ 钟馗——民间传说钟馗能收伏鬼。这里却说鬼抱住了钟馗大腿，所以引得大家发笑。

其二◆（薛姨妈）

鸳鸯：左边是个“大长五”①。

薛姨妈：梅花朵朵风前舞②。

鸳鸯：右边是个“大五长”。

薛姨妈：十月梅花岭上香③。

鸳鸯：当中“二五”是杂七。

薛姨妈：织女牛郎会七夕④。

鸳鸯：凑成“二郎游五岳”⑤。

薛姨妈：世人不及神仙乐。

【注释】

①“大长五”——上下都是五点的牌。也可倒过来说成“大五长”。

② 梅花朵朵风前舞——“大长五”牌名“梅花”，以“五”像花。因

“五”上下有两个，所以说“朵朵”。诗词中常以梅花随风飞舞喻雪，暗谐“薛”氏。

③ 十月梅花岭上香——二“五”共十点，所以说“十月”。岭上，指庾岭，多植梅花。

④ 织女牛郎会七夕——古代神话传说有牛郎织女的故事，并谓牵牛星的神即牛郎。牵牛星与织女星隔银河相对。传说织女嫁了牛郎，每年只能七夕（七月七日晚上）相会一次，由乌鹊飞来银河上搭成桥，让织女渡河。后遂以牛郎织女说夫妻不得相会。“七夕”比“杂七”。

⑤“二郎游五岳”——成套点色名称，三张牌是五五、二五、五五。凡有五个点色同的就成“一副儿”，现在是一个“二”（以“二郎”比）、五个“五”（以“五岳”比）成套。二郎，神话传说中人物，即灌口二郎神，说法很多，据《封神演义》为杨戬。五岳，五大名山，即中岳嵩山、东岳泰山、南岳衡山、西岳华山、北岳恒山。

其三◆（史湘云）

鸳鸯：左边“长幺”[①]两点明。
史湘云：双悬日月照乾坤[②]。
鸳鸯：右边“长幺”两点明。
史湘云：闲花落地听无声[③]。
鸳鸯：中间还得“幺四”来。
史湘云：日边红杏倚云栽[④]。
鸳鸯：凑成一个“樱桃九熟”[⑤]。
史湘云：御园却被鸟衔出[⑥]。

【注释】

①“长幺”——上下都是一点的牌。

② 双悬日月照乾坤——两点都是红的，所以用日月并照为喻。乾坤，天地。

③ 闲花落地听无声——以“闲花”喻两点红。“长幺”又叫地牌，与“落地”相合。

④ 日边红杏倚云栽——以“日”比幺，以“红杏”比四点红的。

⑤“樱桃九熟”——成套点色的名称。三张牌是幺幺、幺四、幺幺，全红，共九点，所以用“樱桃九熟”为比。

⑥ 御园却被鸟衔出——即“（樱桃）却被鸟从御园衔出”。樱桃相传为莺鸟所含食，这里说成熟的樱桃被鸟衔去，是终于落空的意思。

其四◆（薛宝钗）

鸳鸯：左边是“长三”①。
薛宝钗：双双燕子语梁间②。
鸳鸯：右边是“三长”。
薛宝钗：水荇牵风翠带长③。
鸳鸯：当中“三六”九点在。
薛宝钗：三山半落青天外⑥。
鸳鸯：凑成“铁锁练孤舟”⑤。
薛宝钗：处处风波处处愁。

【注释】

①“长三”——上下都是三点的牌。也可以倒过来说成“三长”。

② 双双燕子语梁间——两个“三”都成斜线，状如双燕并栖。诗词中多以双燕象征夫妻关系。

③ 水荇牵风翠带长——荇菜根在水底，叶浮水上，顺风逐波如翠带飘动，也形容牌的点色。

④ 三山半落青天外——“三山”说上面三点，“青天”说下面六点。六点是“天牌（十二点）”的一半，所以说“半落青天”。

⑤“铁锁练孤舟”——成套点色的名称，三张牌是三三、三六、三三，左右上下的“三”，很像是一条条的“铁锁练”。

其五◆（林黛玉）

鸳鸯：左边一个“天”。
林黛玉：良辰美景奈何天①。
鸳鸯：中间“锦屏”②颜色俏。
林黛玉：纱窗也没有红娘报③。
鸳鸯：剩了“二六”八点齐。
林黛玉：双瞻玉座引朝仪④。
鸳鸯：凑成“篮子”⑤好采花。
林黛玉：仙仗香挑芍药花⑥。

【注释】

①“良辰”句——《牡丹亭》中杜丽娘的唱词：“良辰美景奈何天，赏心乐事谁家院！”

②“锦屏”——上四下六的牌叫“锦屏”。四是红的，六是绿的，排成长方形，像美丽的屏风。

③ 纱窗——像六点；窗上多用绿纱，以比色。红娘，比四点红。《西厢记》中丫鬟红娘常作小姐莺莺与书生张生间的信使，所以张生盼她报消息。

④“双瞻”句——上二下六，八点整齐地排成两行（“八点齐”），很像是左右官人引百僚分两行朝见皇帝。因为分两列，所以说“双瞻”。瞻，瞻仰。御座，皇帝的座位。朝仪，朝见时臣僚按仪礼所站的行列。

⑤“篮子”——成套点色的名称，三张牌是六六、四六、二六，四与二加起来也是六，成“一副儿”，叫“篮子”，以“二”像篮柄，“四”像篮筐。“四”是红的，所以说“好采花”。

⑥“仙杖”句——“仙杖”表示采花者是仙女，以杖挑着“篮子”。“芍药花”代表爱情，古代男女相赠芍药以结情好。

其六◆（贾迎春）

鸳鸯：左边“四五”成花九①。

——桃花带雨浓②。

【注释】

① 花九——“四五”有红有绿，所以叫花九。

② 桃花带雨浓——这一句所说的景物，比拟牌的点色不像，也与上句不协韵。所以众人笑道：“该罚，错了韵，而且又不像。”

【说明】

迎春的令，因为韵脚不对，只说了一句，就终止了。

其七◆（刘姥姥）

鸳鸯：左边“大四”是个“人”①。

刘姥姥：是个庄稼人（罢）。

鸳鸯：中间“三四”绿配红。

刘姥姥：大火烧了毛毛虫[②]。
鸳鸯：右边“幺四”真好看。
刘姥姥：一个萝卜一头蒜[③]。
鸳鸯：凑成便是“一枝花”[④]。
刘姥姥：花儿落了结个大倭瓜[⑤]。

【注释】

①“大四”是个“人”——上下都是四点的牌，又叫人牌。

② 大火烧了毛毛虫——上面三点绿斜行，像一条“毛毛虫”；下面四点红，像“大火”。

③ 一个萝卜一头蒜——上面一点比“一个萝卜”，下面四点比“一头蒜”，因为大蒜头有好多瓣。

④“一枝花”——成套点色的名称，三张牌是四四、三四、幺四，三与幺加起来也是四，成“一副儿”，叫“一枝花”。三点绿像花枝，一点红像花朵。

⑤ 倭瓜——北方农村对番瓜的土称。可煮可炒，能充饥，其子可炒食，即“倭瓜子”。

第四十五回

代[1] 别离·秋窗风雨夕

【原文】

秋花惨淡秋草黄，耿耿[2]秋灯秋夜长。
已觉秋窗秋不尽，那堪风雨助凄凉！
助秋风雨来何速？惊破秋窗秋梦绿[3]。
抱得秋情[4]不忍眠，自向秋屏移泪烛。
泪烛摇摇爇短檠[5]，牵愁照恨动离情。
谁家秋院无风入？何处秋窗无雨声？
罗衾不奈秋风力[6]，残漏声[7]催秋雨急。
连宵脉脉复飕飕[8]，灯前似伴离人泣。
寒烟[9]小院转萧条，疏竹虚窗时滴沥[10]。
不知风雨几时休，已教泪洒窗纱湿。

【注释】

① 代——仿作的意思。

② 耿耿——心中挂怀，烦躁不安的样子；明亮、显著、鲜明。此处兼有两意。

③ 秋梦绿——虽是秋天，但梦中所见的花草绿意盎然。

④ 秋情——悲秋情怀。

⑤“泪烛”句——泪烛，熔化的蜡烛油如泪，故名。摇摇，指烛焰晃动。爇（ruò），燃烧。檠（qíng），蜡烛台。

⑥“罗衾”句——罗衾，丝绸面子的被褥。不奈，不耐，不能抵挡。

⑦ 残漏声——夜里将尽的更漏声。

⑧“连宵”句——连宵，整夜。脉脉，雨细声微。飕飕，风声强劲状。

⑨ 寒烟——秋天的细雨或雾气。

⑩ 滴沥——滴下水珠。

【译文】

秋天花儿凋零草儿枯黄，明亮的灯光使秋夜显得更加漫长。
已经觉得窗外是无尽的秋色，哪能忍受这秋风秋雨相助，更觉凄凉。
秋天的风雨突如其来，惊破了梦中的窗外美景。
悲秋的心情无法入睡，将流泪的蜡烛移至屏风后。
矮矮的灯台上烛焰晃动，牵动了愁怨和离别的情绪。
家家庭院秋风入，户户窗外有雨声。
丝绸被子无法抵御秋风带来的寒意，秋夜将尽的更漏声催来雨声更急。
整夜连绵时强时弱的秋雨，犹如陪伴着灯前即将离别的人一起伤心流泪。
雨雾笼罩下庭院更加萧条，隐约窗前稀疏的竹叶上时有水珠滴落。
风雨啊，泪已经打湿了窗纱，不知道你什么时候才能停下。

【说明】

秋夜，雨声淅沥，黛玉病卧潇湘馆，灯下翻看《秋闺怨》《别离怨》等词，心有所感，遂仿照初唐诗人张若虚的《春江花月夜》，写成此诗。这首诗一连用了十二个“秋”字，突出反映了黛玉内心的苦闷、颓伤。

第四十八回

香菱吟月诗两首

【原文】

其一

月挂中天[①]夜色寒，清光皎皎影团团[②]。
诗人助兴常思玩[③]，野客[④]添愁不忍观。
翡翠楼边悬玉镜，珍珠帘外挂冰盘[⑤]。
良宵[⑥]何用烧银烛，晴彩[⑦]辉煌映画栏。

【注释】

① 中天——天中央。
② 皎皎——洁白明净。团团，圆圆。
③ 玩——赏（月）之意。
④ 野客——指仕途不顺或漂泊在外者，所以说“添愁”。
⑤ 玉镜、冰盘——喻月。
⑥ 良宵——美好的夜晚。
⑦ 晴彩——晴空中月亮的光彩。

【译文】

月挂中天，夜色寒凉，月光皎洁，月亮圆圆。
诗人赏月以助兴，游子见月则牵愁惹恨。
恰如翡翠楼边高悬着的玉镜，又似珍珠帘外悬挂着的冰盘。
美好的夜晚，何必要点亮蜡烛，辉煌的月光，正映照在这画栋雕栏。

【原文】

其二

非银非水[①]映窗寒，试看晴空护玉盘[②]。

淡淡梅花香欲染[3]，丝丝柳带[4]露初干。
只疑残粉涂金砌[5]，恍若[6]轻霜抹玉栏。
梦醒西楼[7]人迹绝，余容[8]犹可隔帘看。

【注释】

① 非银非水——（月光）不像银不似水。
② 玉盘——月亮。
③ 香欲染——形容香气之浓。
④ 柳带——柳枝。
⑤ 残粉涂金砌——阶台边沿涂上了一层淡淡的白粉。古代以“金粉楼台”称华丽建筑。粉，指金粉，即铅粉。残，言其淡薄。金砌之“金”即因涂饰金粉而言。
⑥ 恍若——好像。
⑦ 西楼——指闺房。
⑧ 余容——指将要西沉的月亮。

【译文】

非银非水，清凉的月光映照在窗台上；抬眼望，玉盘挂在晴朗的夜空中央。梅花疏淡，芳香浓郁；柳枝细细，露水才干。以为是淡淡的白粉涂上那金色的台阶，好像薄薄的轻霜涂抹在玉栏。梦醒时分，万籁俱寂；只有空中西沉的月儿，还可隔帘遥望。

第四十九回

香菱吟月诗

【原文】

其三

精华欲掩料应难[①]，影自娟娟魄自寒[②]。
一片砧敲千里白[③]，半轮鸡唱五更残[④]。
绿蓑[⑤]江上秋闻笛，红袖[⑥]楼头夜倚栏。
博得[⑦]嫦娥应借问，缘何不使永团圆？

【注释】

①“精华”句——云雾遮不住月亮。精华，月亮的光华；掩，掩盖、掩藏。料应难，想必是不可能的。

②“影自”句——影，指月亮的外表。娟娟，美好的样子。魄，指月亮的本质和内在。寒，孤寂、无助等感觉。

③“一片”句——砧，捣衣石。千里白，指月光一泻千里。

④ 半轮——指黎明时月影疏淡。残：将尽。

⑤ 绿蓑——防雨的蓑衣，用草编成，故言“绿”，这里代指江上的人。

⑥ 红袖——代指女子。

⑦ 博得——取得；得到。

【译文】

月儿的光辉谁也无法遮掩。外表美丽优雅，内心清寂寒凉。
月光明媚，捣衣的砧声千里传遍。月儿昏，鸡已鸣，五更将尽到黎明。
江上游子侧耳听，谁家玉笛哀怨声？闺中女子倚楼望，寒月当空夜无眠。
引得嫦娥仙子也发问：为何月儿不能长圆不缺，千里共婵娟？

【说明】

香菱随宝钗刚住进大观园，就忙着跟黛玉学作诗。黛玉倾心相教，不厌其烦。教她读诗、悟义，并以月为题，让她作诗。前两首就月说月，没有新意。香菱苦思冥想，变得痴痴傻傻，竟于梦中得了这第三首吟月诗，得到众人的首肯。诗中写月之清冷、孤单，月光之下的人间凄凉，其实也是在写自己：写自己被拐、被卖的悲苦，写自己离开亲生父母的凄寒孤寂，写自己渴望团圆的心意……

第五十回

芦雪广[①] 即景联句[②]

【注释】

① 广（yǎn）——指依山建造的房子。芦雪广为“傍山临水”而筑。

② 联句——多人共同作诗。方法是由一人起头一句，接着的人就联二、三两句，前句对别人上句，后句让别人来对，以此类推，最后一人用一句作结。但到后半首，大家兴致很高，争先恐后，就有只联一句的。

【说明】

宝玉与众姊妹在芦雪广“割腥啖膻”、饮酒赏雪时所共吟。

（1）一夜北风紧——王熙凤。

【注释】

众人评：“这句虽粗，不见底下的，这正是会作诗的起法，不但好，而且留下了写不尽的多少地步与后人。”

（2）开门雪尚飘。入泥怜洁白[①]——李纨

【注释】

①“入泥”句——怜惜洁白的雪入泥。

（3）匝地惜琼瑶[①]。有意荣枯草[②]——香菱

【注释】

①“匝地”句——雪似美玉而惜其满地都是。琼瑶，美玉。匝（zā），满，遍地。

② 荣枯草——使枯草荣。冬雪覆盖，入春后枯草萌发更茂。

(4) 无心饰萎苕①。价高村酿熟②——探春

【注释】

① 饰——装饰。苕，苇子花，秋开冬萎，开时一片白，诗中多喻雪。
② 价高——指酒涨价，因大雪天寒。酿，酒。

(5) 年稔①府粱饶。葭动灰飞管②——李绮

【注释】

① 年稔——年成好。稔（rěn），庄稼成熟。府粱饶，官仓粮食很多。瑞雪兆丰年，冬天大雪预示来年庄稼丰收。

②“葭动”句——即“管中葭灰飞动”。葭（jiā），芦苇。古代候验节气的器具叫灰管，将芦苇秆中薄膜制成灰，放在十二乐律的玉管内，置于特设的室内木案上，到某一节气，相应律管内的灰就会自行飞出。

(6) 阳回斗①转杓。寒山已失翠②——李纹

【注释】

① 斗——北斗七星，形如水杓（sháo），其方位随时改变，同一时刻斗柄所指四季不同。

②“寒山”句——寒山因大雪覆盖，已失去翠绿。

(7) 冻浦不生潮。易挂疏枝柳——邢岫烟

【注释】

河流冰冻，潮水不生。冻冰很容易挂在稀疏的柳枝上，

(8) 难堆破叶蕉。麝煤融宝鼎——史湘云

【注释】

（冻冰）难以在枯败的芭蕉叶上堆积。烧煤取暖，鼎炉香烟缭绕。
麝煤，指芳香燃料。融，炊烧使气上腾。鼎，鼎炉。

(9) 绮袖笼金貂。光夺窗前镜——薛宝琴

【注释】

笼两袖于貂皮中以御寒。（雪）夺窗前之镜光。夺，掩盖，超过。

(10) 香黏壁上椒[①]。斜风仍故故[②]——黛玉

【注释】

①“香黏”句——（雪）黏壁上椒香。黏（nián），粘连；胶合。椒，芳香植物，古时后妃居室多以椒和泥涂壁，取其温暖芳香。

② 故故——屡屡、阵阵之意。

(11) 清梦转聊聊[①]。何处梅花笛[②]——贾宝玉

【注释】

①“清梦”句——因为天冷梦也稀少。聊聊，稀少之意。

② 梅花笛——笛子。因笛曲有《梅花落》，故名。

(12) 谁家碧玉箫[①]？鳌愁坤轴陷[②]——薛宝钗

【注释】

① 碧玉箫——翠竹制作的箫。

②“鳌愁”句——大海龟恐雪压大地塌陷而发愁。坤轴，地轴，古代传说以昆仑山为地轴。

(13) 龙斗阵云销[①]。野岸回孤棹[②]——史湘云

【注释】

①“龙斗”句——龙斗时云集，斗罢云消。此处以玉龙争斗时落下来的麟角比喻雪花。

② 回孤棹——孤舟返回。棹（zhào），船桨。

(14) 吟鞭指灞桥[①]。赐裘怜抚戍[②]——薛宝琴

【注释】

①“吟鞭”句——灞桥在长安东。唐昭宗时，相国郑綮（qìng）善诗。

或曰："相国近为新诗否?"对曰："诗思在灞桥风雪中驴子上，此何以得之?"因作诗而用"吟"。

②"赐裘"句——皇帝怜恤将士雪中辛勤抚边戍守而赐棉衣。

(15) 加絮念征徭[1]。坳垤审夷险[2]——史湘云

【注释】

①"加絮"句——制衣的人同情服兵役者寒冷而把棉花加厚。唐开元时，宫中制棉袍赐边军。有士兵在袍子中找到一首诗说："沙场征戍客，寒苦若为眠？战袍经手做，知落阿谁边？蓄意多添线，含情更着绵。今生已过也，重结后生缘!"士兵把诗交给将帅，将帅进呈玄宗。查问结果是一个宫女所作。玄宗就叫她离开宫廷，嫁给那个士兵。

②"坳垤"句——覆雪之地要注意地势高低不平。枷（ào)，低洼地。垤(dié)，小土堆。审，细察。夷，平坦、安全。

(16) 枝柯怕动摇[1]。皑皑轻趁步[2]——薛宝钗

【注释】

①"枝柯"句——担心树枝动摇掉下雪来。柯，树枝。

② 皑皑——形容雪的颜色白。轻趁步，形容雪花像美女的脚步一样轻盈，静静地飘落。

(17) 剪剪舞随腰[1]。煮芋成新赏[2]——黛玉

【注释】

①"剪剪"句——和上句结合，喻女子"回风舞雪"之步态。剪剪，风尖细之状。

② 煮芋——喻雪。

(18) 撒盐[1]是旧谣。苇蓑犹泊钓[2]——宝玉

【注释】

① 撒盐——喻雪飘状。

②"苇蓑"句——长着芦苇的水中犹有蓑衣人泊舟垂钓。

(19) 林斧不闻樵[1]。伏象千峰凸[2]——薛宝琴

【注释】

①"林斧"句——林间已不闻樵夫的斧声。
②"伏象"句——万千山峰，形如卧伏的大象。象色白，故为喻。

(20) 盘蛇一径遥[1]。花缘经冷结[2]——湘云

【注释】

①"盘蛇"句——山路蜿蜒像盘绕的长蛇一样通向远方。
②"花缘"句——雪花的凝结是因为天气寒冷。花，指雪花。缘，因为。

(21) 色岂畏霜凋[1]。深院惊[2]寒雀——探春

【注释】

①"色岂"句——雪花非花，自然不怕寒霜使之凋零。色，花色。
② 惊——大雪覆盖，雀难觅食，故惊。

(22) 空山泣老鸮[1]。阶墀随上下[2]——邢岫烟

【注释】

①"空山"句——空旷的山野，猫头鹰在凄叫。鸮（xiāo），即猫头鹰，叫声凄厉。
②"阶墀"句——白雪覆盖台阶形成高低上下的形状。墀（chí），台阶。

(23) 池水任浮漂[1]。照耀临清晓[2]——湘云

【注释】

①"池水"句——雪随池水任意漂浮。
②"照耀"句——雪光映照黑夜一直飘落到拂晓。

(24) 缤纷入永宵[1]。诚忘三尺冷[2]——林黛玉

【注释】

① 永宵——长夜，冬季夜长。

②“诚忘”句——将士因忠诚而忘却戍守的寒苦。三尺，剑，借以说将士与戍守事，雪里刀剑随身，尤觉寒冷。

(25) 瑞释九重樵[1]。僵卧谁相问[2]——湘云

【注释】

①“瑞释”句——皇帝因瑞雪能兆丰年而解除了焦虑。九重，代指皇帝。

②“僵卧”句——用汉代“袁安卧雪”典故：有一年冬天，纷纷扬扬的大雪一连下了十余天，地上积雪有一丈多厚，封路堵门。洛阳令到州里巡视灾情，访贫问苦，雪中送炭。见家家户户都扫雪开路，出门谋食。来到袁安家门口，大雪封门，无路可通，洛阳令以为袁安已经冻馁而死，便命人凿冰除雪，破门而入，但见袁安偃卧在床，奄奄一息。洛阳令扶起袁安，问他为什么不出门乞食，袁安答道：“大雪天人人皆又饿又冻，我不应该再去干扰别人！”洛阳令嘉许他的品德，举他为孝廉。

(26) 狂游客喜招[1]。天机断缟带[2]——宝琴

【注释】

①“狂游”句——踏雪狂游之客喜有人招饮可御寒。唐时，王元宝每逢大雪就叫仆人从巷口到家门，扫雪开路，招客饮宴，名曰“暖寒会”。

② 天机——传说天上织女所用的织机。缟带，白色丝带，喻雪。

(27) 海市[1]失绞绡——湘云

【注释】

① 海市——海市蜃楼，海中幻境。

(28) 寂寞对台榭[1]——林黛玉　　清贫怀箪瓢[2]——史湘云

【注释】

①“寂寞”句——独坐雪中台榭，寂寞凄清。

②“清贫”句——怀念在陋巷中过着“一箪食，一瓢饮”的清贫生活。箪（dān），古代盛饭的圆竹器。

(29) 烹茶冰渐①沸——薛宝琴　　　煮酒叶难烧②——史湘云

【注释】

① 渐——迟，很慢。冰雪之水，因此难沸。
② 叶难烧——下雪天，柴叶沾湿，所以难烧。

(30) 没帚山僧扫①——黛玉　　　埋琴稚子挑②——宝琴

【注释】

①“没帚”句——山僧扫没帚（之雪）。没帚，形容雪深状。
②“埋琴”句——琴童（稚子）背琴随主人外出，琴上被雪覆盖。

(31) 石楼闲睡鹤①，锦罽暖亲猫②。——黛玉

【注释】

① 闲睡鹤——雪夜鹤闲已睡。
②“锦罽”句——天冷，猫钻进毯子以取暖。锦罽（jì），锦毯。

(32) 月窟翻银浪①——薛宝琴　　　霞城隐赤标②——史湘云

【注释】

①“月窟”句——雪如月光倾泻大地，高高低低像银色的波浪翻滚。月窟，指月。
②“霞城”句——即“隐霞城赤标”，赤城山的高峰也被大雪覆盖。霞城，指赤城山，在浙江天台县北，“土色皆赤，状似云霞。”赤标，赤色高峰望之可做标识。隐，指隐没于雪中。

(33) 沁梅香可嚼①——林黛玉　　　淋竹醉堪调②——薛宝钗

【注释】

①“沁梅”句——典出《花史》：宋时，“铁脚道人常爱赤脚走雪中，兴发则朗诵《南华·秋水篇》，嚼梅花满口，和雪咽之。曰：‘吾欲寒香沁入肺腑。’”
②“淋竹”句——意为竹被雪压，像醉汉一样好笑。

(34) 或湿鸳鸯带——薛宝琴　　　　时凝翡翠翘——史湘云

【注释】

主语都是雪。或、时，都是“有的”的意思。鸳鸯带，绣有鸳鸯的衣袋。翘，贵妇人的头饰。

(35) 无风仍脉脉——林黛玉　　　　不雨亦潇潇——薛宝琴

【注释】

脉脉、潇潇——形容雪之纷纷扬扬。

(36) 欲志①今朝乐——李纹　　　　凭诗祝舜尧②——李绮

【注释】

① 志——记载。
②“凭诗”句——用诗颂扬舜尧的圣明。舜尧，传说中古代的贤君。

赋得红梅花（三首）

【说明】

大家在芦雪广联句，贾宝玉因写诗“落了第”，被李纨罚往栊翠庵妙玉处折红梅花。众人又叫新来的邢岫烟、李纹、薛宝琴每人再作一首七律，依次用“红”“梅”“花”三字做韵，分别是《咏红梅花得“红”字》《咏红梅花得“梅”字》《咏红梅花得“花”字》。专命折得红梅的贾宝玉做一首《访妙玉乞红梅》诗。

(1) 咏红梅花得“红”字（邢岫烟）

【原文】

桃未芳菲①杏未红，冲寒先已笑东风②。
魂飞庾岭春难辨③，霞隔罗浮梦未通④。
绿萼添妆融宝炬⑤，缟仙扶醉跨残虹⑥。
看来岂是寻常色，浓淡由他冰雪中。

【注释】

① 芳菲——花草芳香而艳丽。

②“冲寒”句——冲寒，冒着严寒。笑，形容梅花在东风中盛开时灿烂的样子。

③“魂飞”句——意谓此处红梅和大庾岭红梅很难区别。庾岭，即大庾岭，位于江西南部，以产梅著称。

④“霞隔”句——罗浮，指广东的罗浮山，传说隋代的赵师雄游罗浮山，遇见一位淡妆美女（梅花的精灵），二人畅饮叙谈，酒醒后发现自己躺卧在梅花树下。霞，喻花红。隔、未通，指赵师雄所梦见的罗浮山梅花色淡，不同于所咏的红梅。

⑤“绿萼”句——意谓红梅似燃着红烛、添加了红妆的萼绿仙子。绿萼，绿梅。这里用拟人法，以“萼绿”即仙女萼绿华，故曰“添妆”，与下句取喻相类。妆，指红妆、红衣、胭脂等。宝炬，指红烛。

⑥“缟仙”句——白衣仙女（白梅）喝醉了酒，跨上残虹（变成诗中吟诵的红梅）。缟仙，白衣仙子，指白梅花。扶醉，醉须人扶。以“醉”颜点出花红。残虹，虹以赤色最显，形残时犹可见，也借以喻花红。

【译文】

桃花尚未盛开杏花还没红，梅花就率先冒着严寒开在东风中。
此处和庾岭的梅花一样红艳，却与罗浮的白梅完全不同。
恰似绿梅在红色烛光中变了颜色，又如白梅醉酒跨上霓虹。
看来红梅就是与众不同，不畏严冬，或浓或淡自由绽放在冰天雪地中。

（2）咏红梅花得“梅”字（李纹）

【原文】

白梅懒赋[①]赋红梅，逞艳先迎醉眼开[②]。
冻脸有痕[③]皆是血，酸心无恨亦成灰[④]。
误吞丹药移真骨[⑤]，偷下瑶池脱旧胎[⑥]。
江北江南春灿烂，寄言蜂蝶漫疑猜[⑦]。

【注释】

① 白梅懒赋——即“懒赋白梅”。

②“逞艳”句——意即春未到，红梅逞艳，先迎着我醉眼开放。

③ 冻脸——脸冻的发红，喻梅花之颜色。痕，泪痕。

④ 酸心——梅花花蕊孕育梅子，梅子酸，故言酸心。待到时过，虽无怨恨，花亦乌有，所以说“成灰”。

⑤“误吞”句——说梅花本是白的，因误吞神奇的丹药而换了骨骼，变成红花。“丹药”的“丹”双关义就是红。

⑥“偷下”句——说红梅本是瑶池的碧桃，因偷下红尘而脱去旧形，幻为梅花。传说瑶池种植仙桃，《西游记》中孙悟空所偷吃的即是。

⑦“江北”二句——意谓请告诉蜂蝶，不要把红梅错认作桃杏，而疑猜是否已到了春色灿烂的季节。春灿烂，冰雪天气因红梅花开似春花烂漫景象，非实指。蜂蝶，双关语，多喻轻狂的男子。漫，莫，不要。

【译文】

懒得赞美白梅，喜欢吟诵红梅。红梅率先在冬季开放，花开红艳艳迎接人们迷恋的目光。

像是冻坏的脸庞满面血痕；一旦结成酸果，花儿没有怨恨，却已凋零。

白梅精灵误吞丹药而换来真骨，瑶池碧桃偷下凡间脱去旧胎。

大江南北红梅花开春色烂漫，告诉蜂蝶勿猜疑，现在是冬天，春天还未到来。

（3）咏红梅花得“花”字（薛宝琴）

【原文】

疏是枝条艳是花，春妆儿女①竞奢华②。
闲庭曲槛无余雪③，流水空山有落霞④。
幽梦冷随红袖笛⑤，游仙香泛绛河槎⑥。
前身定是瑶台种⑦，无复相疑色相差⑧。

【注释】

① 春妆儿女——喻红梅花，并喻红妆女孩。

② 竞奢华——争奇斗艳。

③ 余雪——喻白梅。

④ 落霞——喻红梅。

⑤“幽梦”句——随着女子所吹的凄清的笛声，梅花也做起幽梦来了。红袖笛，女孩的笛声。红袖，指少女，红袖的“红”字也点出花的颜色。

⑥“游仙”句——意谓梅花的香气使人如游仙境。游仙，遨游仙境。泛，飘浮。绛河，天河、银河，换用“绛河”的“绛”字点出红色。槎，木筏。

⑦ 瑶台种——仙境里的品种。

⑧“无复”句——不要因为红梅花不够艳丽而怀疑它曾是瑶台所种。

【译文】

稀疏的枝条艳丽的花儿，红梅绽放犹如春妆女子互相比较谁更芳香娇媚。

闲静的院落曲折的栏杆，不见白梅花；流水的岸边空寂的山崖，红梅花开似彩霞。

伴着女儿《梅花落》的笛音，寒冷中进入梦乡；梦中泛舟天河，花香四溢。

此花前身一定是瑶台仙品，不要怀疑她的颜色品相有什么相差。

访妙玉乞红梅（贾宝玉）

【原文】

酒未开樽句未裁①，寻春问腊到蓬莱②。
不求大士③瓶中露，为乞嫦娥④槛外梅。
入世冷挑红雪去，离尘再割紫云来⑤。
槎枒谁惜诗肩瘦⑥，衣上犹沾佛院苔⑦。

【注释】

① 开樽——动杯，开始喝酒。樽，酒杯。裁，裁夺，构思推敲。句未裁，诗未想好。

② 寻春问腊——即乞红梅。以“春”点红，以“腊”点梅。蓬莱，指妙玉所居的栊翠庵。

③ 大士——以观音菩萨比妙玉。佛教宣称观音菩萨的净瓶中盛有甘露，可救灾厄。

④ 嫦娥——比妙玉。槛外，栏杆之外。又与妙玉自称“槛外人”巧合。

⑤“入世”二句——宝玉将栊翠庵比作仙境，折了梅回“去”称“入

世”，“来”到庵里乞梅称“离尘”。“挑红雪”“割紫云”都喻折红梅。

⑥“槎枒”句——意即“谁惜诗人瘦肩槎枒”。槎枒，亦作“楂枒”“查牙”，形容瘦骨嶙峋的样子。这里说因冷耸肩，写自己踏雪冒寒往来。

⑦ 佛院苔——指栊翠庵的青苔。这句是以诗的语言说自己归途中尚念念不忘佛院之清幽。

【译文】

酒尚未动，诗还未成，寻春光求腊梅来到仙境蓬莱。
不是乞求观音菩萨瓶中的甘露，只为求得嫦娥门外的红梅。
顶寒风冒瑞雪，我在人世间寻寻觅觅，至仙境折得红梅再归来。
被冻得瑟瑟发抖，谁来可怜我这文弱诗人，衣服上还沾着佛院的青苔呢。

春灯谜（四首）

（1）史湘云

溪壑分离，红尘游戏[①]，真何趣？名利犹虚[②]，后事终难继[③]。

【注释】

① 溪壑分离，红尘游戏——猴子多生活在山谷中、涧溪旁，被人捕住后便离了山林，来到闹市，供人耍玩。

② 名利犹虚——指猴子穿衣戴帽，扮成文官武将的样子。

③ 后事终难继——小说中湘云已做了解说：“哪一个耍的猴儿不是剁了尾巴去的？”

【谜底】戏耍的猴子。

（2）薛宝钗

镂檀锲梓一层层，岂系良工堆砌成[①]？
虽是半天风雨过，何曾闻得梵铃声[②]？

【注释】

①“镂檀”二句——这是说谜底之物像一座玲珑的宝塔，层层叠叠，但它并不是工匠用砖石垒砌起来的，而是天然生长的，看上去仿佛是檀、梓一

类木雕。

②“虽是”二句——佛寺或宝塔檐角上悬有铜铃，被风吹动时会发出声音，而风吹松球是不会响的。凡有关佛教的事物多称“梵”。

【谜底】树上松球

（3）贾宝玉

天上人间两渺茫，琅玕[①]节过谨提防。

鸾音鹤信须凝睇[②]，好把唏嘘[③]答上苍[④]。

【注释】

① 琅玕（láng gān）——翠竹的美称，本是青色的玉石，借以喻竹。

②“鸾音”句——当仙界传来音讯时就要注意了。这可能是指人的死去，亦即所谓仙逝。鸾、鹤，古代传说为仙禽，乘鸾鹤表示登仙。凝睇，凝目注视。

③ 唏嘘——叹息的声音。

④ 上苍——青天。

【谜底】风筝琴。风筝首部有竹笛，会随风发出声响。

（4）林黛玉

騄駬[①]何劳缚紫绳？驰城逐堑势狰狞[②]。

主人指示风雷动，鳌背三山独立名[③]。

【注释】

① 騄駬（lù ěr）——古代千里马名，亦作“騄耳”，传说为周穆王“八骏”之一。紫绳，指缰绳。

② 驰城逐堑——奔驰过城池，跨越过沟渠。狰狞，凶猛，骠勇。

③“鳌背”句——俗称状元或第一名为“独占鳌头”。鳌背三山，古代传说，见于《列子》：渤海之东有蓬莱、方丈、瀛洲三座神山，本随波往来，天帝恐怕他们漂浮到西极去，就叫十五只巨鳌（大海龟）来背着他们。

【谜底】走马灯

第五十一回

怀古绝句十首

薛宝琴随父亲走南闯北多年，阅历丰富。应大家的要求，将自己的见闻编成了十首怀古诗，也就是十个谜语。谜底是什么？又暗喻着什么？历来众说纷纭，成为《红楼梦》一桩公案。

（1）赤壁①怀古

【原文】

赤壁沉埋水不流，徒留名姓载空舟②。
喧阗一炬③悲风冷，无限英魂在内游。

【注释】

① 赤壁——山名，今湖北省嘉鱼县东北，长江南岸，三国时著名的赤壁之战所在地，孙权与刘备联军曾在此用火攻大败曹操。

②“徒留”句——兵船上空空如也，只见旗帜（上书将帅姓氏）。

③ 喧阗（tián）——声音大而杂。一炬，一把火。指周瑜火烧曹军连营。

【译文】

赤壁之战曹军大败，兵甲船只沉于长江，滔滔江水也为之阻塞不流；空留下一些姓名，承载着历史的空舟；借得东风，火烧连营，曹军尸横遍野悲惨异常，有多少英雄的魂魄，在此四处飘游。

【说明】

这首诗记述的是历史上著名的赤壁之战。建安十三年（公元 208 年），孙权刘备联军在赤壁火烧曹操联营，大破曹军。诗中生动地再现了孔明借东风，周瑜三江口纵火，生死恶战，烽火连天的战斗场面。

【谜底】香炉

(2) 交趾[1]怀古

【原文】

铜铸金镛振纪纲[2]，声传海外播戎羌[3]。

马援自是功劳大，铁笛无烦说子房[4]。

【注释】

① 交趾——古代地名，位于今广东省和越南北部。

② 铜铸金镛——铜铸成的大钟。镛，古乐器，奏乐时表示节拍的大钟。秦始皇统一六国后，曾收兵器铸金钟和铜人。这里借指马援建立了战功。振纪纲，振兴国家力量，整顿法纪王纲。

③ 海外——古代泛称汉政权统治区域之外的四邻为海外。戎羌，羌族又称西戎。

④“铁笛”句——子房，张良的字。张良为刘邦建立统一的汉帝国作出了很大的贡献，刘邦曾称赞他说：“运筹策帷帐中，决胜千里外，子房功也！”传说楚汉相争最后决战时，张良（子房）曾吹笛作楚声（四面楚歌），致项羽军心散乱，兵败于垓下，随后自刎于乌江。马援南征时，门生爰寄生善笛，援作歌以和之，所以举以比马援。

【译文】

马援征服交趾后制作的铜钟，标志着大汉帝国的辉煌；汉帝国的声威远播海外和周边的少数民族地区；伏波将军马援开疆拓土，为汉帝国立下了盖世功勋，连汉初三杰之一的张良也比不上。

【说明】

东汉光武帝时，大将军马援率兵在交趾郡镇压当地人起义反抗，开疆拓土，巩固边防，战功赫赫，声传海外。

【谜底】 喇叭

(3) 钟山[1]怀古

【原文】

名利何曾伴汝身[2]，无端被诏出凡尘[3]。

牵连[4]大抵难休绝，莫怨他人嘲笑频[5]。

【注释】

① 钟山——今南京市东北的紫金山。

②“名利”句——你何尝存有什么名利观念。汝，你。

③ 无端——平白无故。被诏，指奉命为官。出凡尘，离开居地。

④ 牵连——指世俗的种种牵挂、连累。

⑤ 嘲笑频——历来嘲笑（隐士身在野，心在朝廷者）甚多。

【译文】

功名利禄哪里陪伴过你呢？莫名其妙被安排进入红尘名利场中。尘世中千丝万缕的利害得失无法断绝，就不要埋怨他人的讽刺和嘲笑了。

【说明】

此诗记南朝齐周彦伦（周颙）事。此人表面上不重名利，实际上俗世之心未断。曾于钟山西立茅舍隐居，后应诏出为海盐令，被人嘲笑。

【谜底】戏猴

（4）淮阴[1]怀古

【原文】

壮士须防恶犬欺[2]，三齐位定盖棺时[3]。
寄言世俗休轻鄙[4]，一饭之恩[5]死也知。

【注释】

① 淮阴——秦代所置的县，位于今江苏省清江市东南，刘邦封韩信为淮阴侯于此。

②“壮士”句——指韩信年轻贫贱时曾遭淮阴恶少的欺侮。当时，他被迫从别人的裤裆底下钻过去，这就是成语“胯下之辱”的来历。

③“三齐”句——韩信被分封齐王之日，正是决定他最后结局之时。秦亡后，项羽将齐地分为胶东、齐、济北三个诸侯国，故称三齐。三齐位，指即齐王之位。

④“寄言”句——世俗之人不要小看和鄙视他。

⑤ 一饭之恩——韩信早年贫困，衣食无着。一次在城下钓鱼，一个洗衣妇可怜他饥饿，给他饭吃。后来韩信封王时，召见此人，赐赠千金以报答她的“一饭之恩”。

【译文】

英雄落难时也要防止恶人的欺凌；韩信要求做齐王的时候，刘邦虽然被迫答应，但韩信未来的命运就此决定了；我奉劝世俗的人们不要轻视啊，纵然是一饭之恩死后也不应该忘记。

【说明】

本诗记秦末汉初韩信事。韩信年轻时家贫，市井恶少羞辱他，迫韩信从胯下钻过。那时韩信常得洗衣妇周济，送他饭吃，后来韩信赐千金以报恩。楚汉战争中，韩信初属项羽，后归刘邦，“为汉则汉胜，为楚则楚胜”。因战功显赫，封为齐王。刘邦胜利后，因疑韩信谋反，夺其兵权，封其为淮阴侯，最后被吕后所杀，落得个兔死狗烹的下场。

【谜底】便桶

（5）广陵[①]怀古

【原文】

蝉噪鸦栖[②]转眼过，隋堤风景近如何[③]？

只缘占得风流号，惹出纷纷口舌多[④]。

【注释】

① 广陵——古郡、县名，今江苏省扬州市。

② 蝉噪鸦栖——柳树上多蝉和鸦，借以说隋堤景物。

③“隋堤”句——当年的繁华欢乐如今是否还在？隋堤，隋炀帝时沿通济渠、邗沟河岸修筑的御道，道旁植杨柳，后人谓之隋堤。

④“只缘”二句——只因为隋炀帝荒淫奢侈，得了个“风流”皇帝的称号，所以才招来了后世纷纷讥贬。

【译文】

蝉儿鸣叫乌鸦筑巢的景象如浮云，如画的隋堤风景现在怎样？只因为占得了风流的称号，才惹下了搬弄是非的口舌越来越多。

【说明】

隋炀帝骄奢淫逸，大兴土木，耗费大量人力物力，开挖通济渠，自长安直通江都。河渠两岸堤上种植杨柳，谓之隋堤。隋炀帝又坐船沿渠下江南，旌旗如林，场面壮观。

【谜底】柳絮

（6）桃叶渡①怀古

【原文】

衰草闲花映浅池，桃枝桃叶总分离②。
六朝梁栋多如许③，小照空悬壁上题④。

【注释】

① 桃叶渡——南京城南秦淮河上的一个古渡口。传说东晋书法家王献之有个爱妾叫“桃叶”，她往来于秦淮两岸时，王献之放心不下，常常到渡口迎送，并为之作《桃叶歌》，后来此处就被称呼为桃叶渡。

②“衰草”二句——因人名桃叶，而用花草萧瑟的秋天桃树上叶子离开枝条来说人的分别。

③ 梁栋——大臣的代称。王献之曾为中书令。多如许，多半如此。指难免都会有离别亲人的憾恨。

④“小照”句——意即题着字的壁上空悬着小照，画像。空悬，徒然地挂着。王献之曾在壁上题字及作画

【译文】

枯草野花的倒影映在浅浅的池塘，不论是桃枝桃叶在这里总要分离。六朝达官们也多半是同样的命运，枉然在悬挂画像的墙上题诗抒情。

【说明】

此诗描述晋代王献之与妾桃叶的浪漫爱情故事。

【谜底】手影戏

(7) 青冢[1]怀古

【原文】

黑水茫茫咽不流[2]，冰弦拨尽曲中愁[3]。
汉家制度诚堪笑[4]，樗栎应惭万古羞[5]。

【注释】

① 青冢——王昭君的墓，今内蒙古自治区呼和浩特市南黑河岸。有“胡地多白草，昭君冢独青”之说。

② 黑水——黑河，即今呼和浩特市南之大黑河，昭君死，葬黑河岸。咽不流，以流水哽咽不流极写愁怨。

③“冰弦”句——传说昭君出塞，弹琵琶以寄恨消愁。冰弦，一种蚕丝所制成的琵琶弦。

④“汉家”句——汉代皇帝的政策实在可笑。汉初因国力羸弱，为求边境安宁而采取“和亲”政策。

⑤“樗栎”句——如此无用的皇帝应该羞愧无比，受历来人们的讥刺。樗栎（chū lì），两种树名。古人认为这两种树的质地都不好，不能成材。这里以“樗栎”喻汉元帝才能低下。

【译文】

茫茫黑水河伤心哽咽不流淌，冰冷的琴弦弹尽曲中的忧愁。汉家的规矩真是令人可笑，无能的汉元帝应该万古惭羞。

【说明】

传说汉元帝时，因后宫女子众多，皇帝只能看图召见。宫女们为得皇上恩宠，都贿赂画师毛延寿，独昭君不肯，所以她的画像被丑化，不得见皇帝。后来匈奴来求亲，元帝就按图像选（丑女）昭君去，临行前见面，才发现她最美，心中不舍却不好反悔，遂恼羞成怒，杀了毛延寿。

【谜底】 木工用的墨斗

(8) 马嵬[1]怀古

【原文】

寂寞脂痕渍汗光[2]，温柔一旦付东洋[3]。
只因遗得风流迹，此日衣衾尚有香[4]。

【注释】

① 马嵬——马嵬坡，杨贵妃被缢死于此，卒年三十八岁。

②“寂寞”句——脸上毫无生气，脂粉被亮光光的汗水所沾污。写杨贵妃缢死时的面相。渍，液体黏在东西上。

③ 一旦——一会儿、很快的。付东洋，付之东流，成空。

④“只因”二句——只是因为留下风骚香艳的痕迹，即使现在衣被上还能有香气。

【译文】

寂寞孤独汗珠在脂粉间闪光，温柔的美人瞬间付诸东流。只因为留下了风流的事迹，到如今她的衣衫还留有往日的余香。

【说明】

此诗记述安禄山发动叛乱，攻破潼关，唐玄宗仓皇逃往四川。到马嵬驿时，因军兵不满杨氏乱政，六军不发，逼皇帝除掉杨氏兄妹。无可奈何，玄宗被迫杀掉杨国忠，缢死杨玉环。后来叛乱平定，玄宗回京，派人备棺改葬杨贵妃时，得遗物香囊。

【谜底】熏香盒

(9) 蒲东寺①怀古

【原文】

小红骨贱最身轻②，私掖偷携强撮成③。
虽被夫人时吊起，已经勾引彼同行④。

【注释】

① 蒲东寺——《西厢记》中所虚构的佛寺名，又叫普救寺。

② 小红——指莺莺的婢女红娘。骨贱、身轻，红娘不拘封建礼法，主动、热情地帮助张生和莺莺，在薛宝琴这样的贵族小姐看来，当然很轻贱。

③“私掖”句——私下撮合。掖，用手扶着别人的胳膊。

④“虽被”二句——莺莺母亲郑氏为逼问私情而拷打红娘，但为时已晚，张生与莺莺早已私订终身，生米煮成熟饭了。

【译文】

红娘地位低贱身体轻盈，偷偷撮合成张君瑞和崔莺莺的爱情。虽然曾经被老夫人吊起来拷打，可是有情人已经恋爱，好事已成。

【说明】

诗述元朝王实甫的《西厢记》中情节：宰相崔珏妻郑氏带小儿欢郎、女莺莺及侍婢红娘送柩回乡，途中暂居河中府普救寺。洛阳秀才张珙进京赶考，游普救寺遇莺莺，两人一见钟情。后匪首孙飞虎兵围寺院，欲抢莺莺，郑夫人宣称能退兵者以莺莺许之。张珙设法突围向白马将军借兵解围后，郑夫人反悔，经婢女红娘从中撮合，有情人终成眷属。

【谜底】贾元春送给薛宝钗的红麝串

（10）梅花观怀古

【原文】

不在梅边在柳边①，个中谁拾画婵娟②？
团圆莫忆春香到，一别西风又一年③。

【注释】

①“不在”句——杜丽娘死前曾自画肖像，并题诗一首：“近睹分明似俨然，远观自在若飞仙。他年得傍蟾宫客，不在梅边在柳边。”末句中隐柳梦梅名字。

② 个中——此中。拾画婵娟，即“拾婵娟画”，指柳梦梅在观中拾得杜丽娘的自画像。婵娟，美好，多形容女子。

③“团圆”二句——不要去回想春香来到而得团圆的情景，别离以来，西风又起，又过去一年了。春香，杜丽娘的婢女。

【译文】

不在梅边徘徊却在柳边流连，是谁拾到了一幅美女的画卷？

团圆的时候不要去追忆丫鬟春香来到面前，秋风起，转眼间分别又是一年。

【说明】

诗述明朝剧作家汤显祖代表作《牡丹亭》中的情节。太守的千金杜丽娘对梦中书生柳梦梅倾心相爱，竟抑郁成疾而死，葬梅花观后面梅树之下。恰柳梦梅旅居该观，与丽娘鬼魂相聚，并受托将她躯体救活。后来二人结为夫妻。

【谜底】团扇

第五十二回

真真国女儿诗

【原文】

昨夜朱楼梦，今宵水国吟①。
岛云蒸大海，岚气接丛林②。
月本无今古，情缘自浅深③。
汉南春历历，焉得不关心④？

【注释】

① 朱楼——即红楼，指代贵族之家。水国，环海之地，岛国。

② 岛云蒸大海——海水蒸腾而成岛上的云。岚，山林中的雾气。亦指岛上景象。

③“月本”二句——古时的月亮与今天的本无区别，因为人的感情有深浅不同，所以对月亮发出不同的感慨。缘，因为。自，本有。

④ 汉南——本言汉水之南，这里非喻人生易老、不堪迟暮之感。春，春色，指“朱楼”之柳色。历历，历历在目，看得清清楚楚。焉得，怎能。

【说明】

薛宝琴说的一段奇闻：自己八岁时曾跟父亲到西海沿上买洋货，见到一个真真国里的很漂亮的女孩子，十五岁，竟然会讲中国“五经”，能做中国诗词。这首五律，据宝琴说就是那位“外国美人”做的。

第五十三回

贾氏宗祠（匾额）

【原文】

肝脑涂地，兆姓[1]赖保育之恩；
功名贯天，百代仰蒸尝[2]之盛。

【注释】

① 兆姓——亿万百姓。“兆”，万亿。
② 蒸尝——祭祀。冬祭叫蒸，亦作“烝”。

【译文】

为国肝脑涂地，天下万民依赖皇家的保护养育恩德；
立下贯天之功，贾家世代仰仗先祖的荣光繁衍兴盛。

【说明】

衍圣公是后世的君主为尊孔给孔门后裔所加的封号，其名称起于宋仁宗至和二年，以后历朝相沿不改。这副联额，小说中说是“衍圣公孔继宗书”，即孔圣人（孔子）嫡传子孙孔继宗所题。孔继宗之名，应为小说作者所虚拟。

星辉辅弼[1]（匾额）

【原文】

勋业[2]有光昭日月[3]，功名无间[4]及儿孙。

【注释】

① 星辉辅弼——耀眼的群星拱卫着北极星。比喻大臣辅佐君王，这是对贾府先祖的誉词。弼，辅助。

② 勋业——功业。
③ 昭日月——明亮如同日月。
④ 无间——不间断。

【译文】

功勋伟业光芒辉映天上日月，功劳名望永久延及后代儿孙。

【说明】

书中为凸显贾府祖先地位之高，说此联额出自先皇御笔，题写在九龙金匾上。

慎终追远[1]（匾额）

【原文】

已后儿孙承福德，至今黎庶念宁荣[2]。

【注释】

① 慎终追远——慎重地对待先辈的丧事，虔诚地祭祀祖先，不忘先祖恩德。后也指谨慎从事，追念前贤。终：人死；远：指祖先。
② 黎庶——老百姓。宁荣，指宁国公、荣国公。

【译文】

以后子孙永远继承祖先福德，至今百姓还在怀念宁荣二公。

【说明】

书中说此联额也是御笔。

第六十二回

酒令三首

这是在大观园红香圃内为宝玉等四人摆寿酒时席上行的令。规则是:“酒面(喝酒前)要一句古文,一句旧诗,一句骨牌名,一句曲牌名,还要一句时宪书(旧时之历书)上的话,总共凑成一句话。酒底(喝完酒)要关人事的果菜名。”

其一(林黛玉)

【原文】

落霞与孤鹜齐飞①,
风急江天过雁哀②,
却是一只折足雁③,
叫得人九回肠④,
这是鸿雁来宾⑤。
榛子非关隔院砧⑥,
何来万户捣衣声⑦?

【注释】

①“落霞”句——出自唐代王勃《滕王阁序》:“落霞与孤鹜齐飞,秋水共长天一色。”落霞,晚霞。鹜,野鸭子,泛指雁之类。

②“风急”句——仿陆游《寒夕》诗“风急江天无过雁,月明庭户有疏砧”而作。

③ 折足雁——骨牌名。折足雁,虽能飞翔,却难以立足落地。

④ 九回肠——曲牌名。原是愁极之意。

⑤ 鸿雁来宾——表示秋季来临,旧时历书中常有此语。鸿雁是大型候鸟,每年秋季南迁,所以鸿雁又用来表示思乡之情。来宾,飞来旅宿的意思。

⑥“榛子”句——同音文字游戏,意为酒席上的“榛子”不同于邻居家捣衣用的“砧”。榛子,一种坚果果,形如小栗子,味亦相仿。砧(zhēn),

日常用的砧板之类，捶、砸或切东西的时候，垫在底下的物品。

⑦“何来”句——出自李白《子夜吴歌》：“长安一片月，万户捣衣声。”“榛”与“砧”音同而义异，所以说它不会带来捣衣之（砧）声。这就是酒令规定的以席上果菜（榛瓤）说人事。以捣衣砧声喻怀人愁绪。

其二（史湘云）

【原文】

奔腾而砰湃[1]，
江间波浪兼天涌[2]，
须要铁锁缆孤舟[3]。
既遇着一江风[4]，
不宜出行[5]。
这鸭头不是那丫头[6]，
头上那讨桂花油[7]？

【注释】

①“奔腾”句——形容波涛奔腾澎湃。出自北宋欧阳修《秋声赋》：“初淅沥以萧飒，忽奔腾而砰湃。”“砰湃”同“澎湃”。

②“江间”句——出自杜甫《秋兴》诗：“江间波浪兼天涌，塞上风云接地阴。”描述三峡水深浪急。兼天，连天，滔天。

③ 铁索缆孤舟——骨牌名。三国赤壁之战时，曹军主要来自北方，不谙水性，为避风浪颠簸，以铁索把单个战船连结成一体，铺上木板，军士训练平稳如行陆上。后被周瑜用火攻所败。

④ 一江风——曲牌名。全句有俗话“船遇当头风”之意。

⑤ 不宜出行——旧时历书中对每天是否适合做某件事的说明，出门远行要依据历书挑选吉利的日子。

⑥“这鸭头”句——谐音文字游戏，“鸭头”是席上的菜，谐音“丫头”。大观园青春女性分仆人丫鬟（丫头）和主子小姐。湘云借以调侃众丫鬟。

⑦ 桂花油——古时女性用的发油。

其三（史湘云）

【原文】

泉香而酒冽①，
玉碗盛来琥珀光②。
直饮到梅梢月上③，
醉扶归④，
却为宜会亲友⑤。

【注释】

①“泉香”句——好水酿好酒。出自欧阳修《醉翁亭记》。冽，清。

②“玉碗”句——美酒盛在碗里像琥珀一样好看。出自李白《客中行》诗。

③ 梅梢月上——骨牌名。上，升起。

④ 醉扶归——曲牌名。其名取意于唐代张演《社日村居》诗：“桑柘影斜春社散，家家扶得醉人归。”

⑤ 宜会亲友——历书上的吉利话，意为这一天是好日子，可以会见亲友。

【说明】

酒令也是“按头制帽”，内容也是符合人物性格，预示人物命运。黛玉酒令中的“过雁哀”“折足雁”“九回肠”，喻黛玉悲观哀怨；“鸿雁来宾”喻霜雪期即将来临，将是“花落人亡”的结局。“砰湃”“兼天涌”“醉扶归”喻湘云豪爽放达。“孤舟”“一江风”喻湘云幼丧父母，后来又丈夫早卒，青春孀居，命运坎坷。

第六十四回

深闺有奇女

【原文】

深闺有奇女，绝世空珠翠。
情痴苦泪多，未惜颜憔悴。
哀哉千秋魂，薄命无二致[①]。
嗟彼桑间人[②]，好丑非其类。

【注释】

① 无二致——都一样，没有区别。
③ 桑间人——淫乱之人。桑间，借指淫乱之地。

【译文】

奇女幽居在深闺，才貌绝世无须妆点珠翠。
用情太痴而忧苦流泪，不知自爱容颜憔悴。
可悲的是红颜薄命，自古以来都是如此。
可叹那些淫乱之人，比较起来美丑泾渭分明。

【说明】

此诗所说的“奇女”也是在写林黛玉自己：才貌绝世，幽居深闺，虽有珠翠可增容色也是枉然。用情太痴，容易感伤，不知保重自己，自古红颜多薄命，可怜可叹。

五美吟

(1) 西施

【原文】

一代倾城[①]逐浪花[②]，吴宫[③]空自忆儿家[④]。

效颦[5]莫笑东村女[6]，头白溪边尚浣纱。

【注释】

① 倾城——指绝色美女，也叫“倾国”。这里指西施。

② 逐浪花——随浪花消失。吴国被越王勾践灭亡后，一说是西施自沉于江，一说是西施重归范蠡，两人一起浪迹江湖。

③ 吴宫——指吴王宫殿。

④ 儿家——你，指西施。

⑤ 效颦——出自成语东施效颦。传说西施家乡东村有女子，貌丑，人称东施，因见西施“捧心而颦（皱眉）”的样子很美，也学着示人，结果反而更丑。

⑥ 东村女——东施。

【译文】

一代绝色美女被浪花吞噬，站在吴王宫殿前人们还在徒然怀念她。

不要嘲笑东村那位皱眉女子，人家一直活到白发年纪还在溪边浣纱。

（2）虞姬[1]

【原文】

肠断乌骓[2]夜啸风[3]，虞兮幽恨对重瞳[4]。

黥彭[5]甘受他年醢[6]，饮剑[7]何如楚帐中？

【注释】

① 虞姬——项羽的侍妾。

② 乌骓——黑马，项羽坐骑，号称当时“天下第一骏马”。此马通身油光发亮，黑缎子一样，四个马蹄子却白得赛雪。

③ 啸风——是指马鸣。

④ 重瞳——指项羽，传说项羽眼睛里有两个眸子。

⑤ 黥彭——黥布和彭越。先为项羽部将，后降刘邦。两人战功显赫，黥布被封为淮南王，彭越被封为梁王。后来黥布举兵叛变，被刘邦所杀；彭越也被以谋反罪诛杀。

⑥ 醢（hǎi）——指古代一种酷刑，将人剁成肉酱。

⑦ 饮剑——拔剑自刎。楚汉战争的最后一战，刘邦军围项羽于垓下，面对汉军四面楚歌，部队军心涣散，项羽感到绝望，对虞姬作悲歌：“力拔山兮气盖世，时不利兮骓不逝，骓不逝兮可奈何。虞兮虞兮奈若何?”虞姬也作歌相和，随后自刎于项羽面前。

【译文】

夜晚乌骓马的嘶鸣声让人肝肠寸断，虞姬面对着西楚霸王幽怨含恨。

与其将来像黥布和彭越那样死无葬身之地，哪里比得上现在就仗剑自杀在楚军大帐中?

(3) 明妃①

【原文】

绝艳惊人出汉宫②，红颜命薄古今同。

君王③纵使轻颜色④，予夺权何畀画工⑤?

【注释】

① 明妃——即王昭君。晋人避司马昭之讳，改称明妃或明君。

② 出汉宫——离开汉朝宫殿，指汉元帝时王昭君被送往匈奴和亲。

③ 君王——汉元帝刘奭（Shì)。传说当时后宫嫔妃宫女众多，元帝不知宠幸哪一个好，就让宫里的画师将她们的形象画出来供挑选。于是大家纷纷贿赂画师，把自己画漂亮些。王昭君虽然姿容绝代，却因不愿意贿赂画师毛延寿而失去被皇帝宠幸的机会。等到和亲出塞时，元帝发现王昭君竟然如此美貌，恋恋不舍却为时已晚，一怒之下杀掉毛延寿解恨。

④ 轻颜色——不好色。

⑤“予夺”句——为什么把决定权交给画工呢?予，赐予，加宠。夺，剥夺，弃置。畀（bì)，交给。

【译文】

绝代佳人离开汉宫，红颜薄命古今都相同。

昏君即使是不好色，取舍权怎么能交给贪婪的画工?

（4）绿珠①

【原文】

瓦砾明珠②一例抛，何曾石尉③重娇娆④？
都缘顽福前生造，更有同归慰寂寥⑤。

【注释】

① 绿珠——晋代富豪石崇的宠妾。传说绿珠善吹笛，貌美艳丽。皇帝的宠臣孙秀使人求之，崇勃然大怒，说道："绿珠吾所爱，不可得也！"后来孙秀诈称皇帝的命令，带兵抓捕石崇。石崇对绿珠说："是因为你得罪了奸臣，惹下了今天的灾祸。"绿珠哭着说："当效死于君前。"随后便跳楼自杀，石崇也随后被杀。

② 明珠——喻绿珠。

③ 石尉——即石崇，东晋首富。石崇曾与王恺斗富，随手用铁如意击碎王恺二尺多高的珊瑚宝树，而把自己的三四尺高的赔他。

④ 娇娆——美丽的女子，指绿珠。

⑤"都缘"二句——绿珠跳楼死，石崇全家被杀。意思是石崇命中注定前生有厚福，所以死后尚有绿珠与他阴间相陪，可以慰其寂寞。

【译文】

明珠像瓦砾一样被抛掉，石崇何曾真心爱过这位美女？
都是因为前世修来的好福气，石崇才在阴曹地府还有美人相伴。

（5）红拂①

【原文】

长揖雄谈态自殊②，美人巨眼识穷途③。
尸居余气④杨公幕，岂得羁縻⑤女丈夫？

【注释】

① 红拂——隋末大臣杨素家里的婢女，因侍奉杨素时常手执红拂（扫灰尘的用具）而得此名。有一次，翩翩美少年李靖入见扬素，红拂见此人英姿

勃勃，神态从容，见解非凡，不禁一见倾心，连夜越杨府与之私奔，两人同往太原辅佐李世民。后来李靖战功赫赫，两人美女识英雄，英雄遇美女，传为佳话。

②“长揖”句——李靖初见杨素时，长揖（拱手）不拜，态度傲慢，并指责杨待客不逊，杨连忙谢罪，后来听了李靖的一番高谈雄辩更是心悦诚服。

③“美人”句——红拂能在李靖尚未发迹时就看出他今后必有一番作为，所以说她有大见识，巨眼识英雄。

④ 尸居余气——像尸体一样但还有一口气，指人将要死亡；也比喻人暮气沉沉，无所作为。红拂投奔李靖，李靖恐杨素不肯罢休，红拂也说：“彼尸居余气，不足畏也。”杨公幕，杨素的府署，代指杨素。

⑤ 羁縻（jī mí），束缚。女丈夫，指红拂。

【译文】

帅哥长揖不拜侃侃而谈仪态不俗，佳人慧眼识英雄于末路途穷。
衰老无用的大臣杨素，怎么能够束缚住红拂这样的女中丈夫？

【说明】

宝玉见黛玉作的五首诗，将其题为《五美吟》。黛玉自谓“曾见古史中有才色的女子，终身遭际令人可欣、可羡、可悲、可叹者甚多……胡乱凑几首诗，以寄感慨”，以抒发自己平素的哀怨。诗中所写五位女子，除了红拂以外，其他四人，包括“逐浪花”的西施、“饮剑”的虞姬、“命薄”的王昭君和“一例抛”的绿珠，都是悲剧人物。最后一位美女红拂却敢作敢为、有胆有识，不拘封建礼教束缚，堪称女中豪杰。

第六十六回

尤三姐自刎

【原文】

揉碎桃花①红满地，玉山倾倒②再难扶！

【注释】

① 揉碎桃花——双关语：喻鲜血流出；喻美丽的青春被毁灭。

② 玉山倾倒——喻尤三姐倒地形状，又是比喻美人夭亡。

【说明】

这首联语是作者的同情和惋惜。柳湘莲醒悟到宁国府龌龊不堪，怀疑尤三姐不洁，要毁婚弃约，索回定亲礼鸳鸯剑。性格刚烈的尤三姐闻知，当着柳湘莲面拔剑自刎，以明心志。

第七十回

桃花行

【原文】

桃花帘外东风软，桃花帘内晨妆懒[1]。
帘外桃花帘内人，人与桃花隔不远。
东风有意揭帘栊，花欲窥人帘不卷。
桃花帘外开仍旧，帘中人比桃花瘦。
花解怜人花亦愁，隔帘消息风吹透。
风透湘帘花满庭，庭前春色倍伤情。
闲苔院落[2]门空掩，斜日栏杆人自凭。
凭栏人向东风泣，茜裙[3]偷傍桃花立。
桃花桃叶乱纷纷，花绽新红叶凝碧[4]。
雾裹烟封[5]一万株，烘楼照壁[6]红模糊。
天机烧破鸳鸯锦[7]，春酣[8]欲醒移珊枕[9]。
侍女金盆进水来，香泉影蘸[10]胭脂[11]冷！
胭脂鲜艳何相类[12]，花之颜色人之泪。
若将人泪比桃花，泪自长流花自媚。
泪眼观花泪易干，泪干春尽花憔悴。
憔悴花遮憔悴人，花飞人倦易黄昏。
一声杜宇[13]春归尽，寂寞帘栊空月痕！

【注释】

①“桃花”二句——前一句桃花为实指，后一句桃花喻人，指黛玉自己。
② 闲苔院落——庭院里长满荒苔。
③ 茜裙——茜（红）纱裙，这里指穿茜裙的人。
④ 叶凝碧——桃树叶子颜色碧绿。
⑤ 雾裹烟封——桃花盛开时，看上去就像被裹在一片朦胧的烟雾中。
⑥ 烘楼照壁——因桃花鲜红如火，所以用“烘”“照”。

⑦“天机”句——桃花如天上仙女织的鸳鸯锦烧破落于地面，红彤彤一片。传说天上有仙女以天机织云锦。鸳鸯锦，绣有鸳鸯图案的锦缎，因为喜庆，所以均为红色。

⑧ 春酣——春天酣睡。

⑨ 珊枕——珊瑚做的枕头。

⑩ 香泉影蘸——指面影映在香甜的泉水中。

⑪ 胭脂——指涂了胭脂的脸。

⑫ 何相类——什么东西与它相像。

⑬ 杜宇——杜鹃鸟，也叫子规。传说古代蜀王名杜宇，号望帝，死后魂魄化为此鸟，啼声悲切。

【译文】

帘外桃花沐浴柔和的春风，开得正红火，帘内晨起的美人儿却懒得梳妆打扮。

帘外的桃花帘内的佳人，隔着帘珑近在咫尺。

春风有意要揭起窗帘，桃花想窥看美人，窗帘却偏偏不卷起。

帘外的桃花依旧盛开，帘内的人儿却心事重重，比那桃花还要消瘦。

若懂得怜香惜玉，桃花也会发愁。虽然隔着窗帘，春风会将我的心情传过去。

春风吹透窗帘，满庭院的桃花，春色烂漫使人更加伤情。

青苔满院，院门虚掩，落日晚霞中佳人孤独倚在栏杆上。

倚着栏杆的人儿迎着春风哭泣，穿着红裙，默默地在桃花旁站立。

桃花桃叶在春风里互相映衬，花开红艳艳，叶生绿油油。

万树花开似红色烟雾笼罩，映红了楼阁，照亮了墙壁，红得一片模糊。

就像天机织就的锦被烧破，洒落大地。春睡未足，佳人懒懒地移开珊瑚枕头。

侍女手捧金盆送来洗脸水，清冷的泉水中倒映着胭脂残存的面庞。

是什么和胭脂一样的鲜红？那是桃花的颜色和美人的血泪。

若是把眼泪和桃花相比，泪水流不尽、花儿却依旧妩媚。

含泪观赏桃花，泪水也易干枯，待到泪水流干，春天过去，花也会枯萎。

枯萎的花儿遮掩着憔悴的人儿，花儿飘落，人也疲倦，天色已晚。

一声杜鹃的悲鸣，春天已结束，窗帘上唯有寂寞月痕照映！

【说明】

这是继《葬花辞》之后，黛玉又作的一首顾“花”自怜的长诗。黛玉以桃花自喻，充满忧伤。宝玉称“林妹妹曾经离丧，作此哀音”，看了并不称赞。

初春时节，大观园群芳又诗兴萌动，大家商量作诗，看了黛玉的《桃花行》，更是兴致高涨，决定重建已散了一年的海棠诗社，并改称桃花社。

柳絮词（五首）

【说明】

柳絮，是柳树的种子，上面有白色绒毛，随风飞散如飘絮，故称为柳絮。柳树种子的生命力极短，大约只有一天的时间。在古诗词中，“柳”是离愁别绪的象征，又是思乡思亲的媒介。

史湘云见暮春柳絮飞舞，偶成小令。拿去给众人看，引起大家兴致，于是就发起填词，每人各拈一小调，限时做好，共计五首。如梦令、南柯子、唐多令、西江月、临江仙均为词牌名。

作者在小说中经常使用“谶”手法，《柳絮词》就是典型的词谶，每一首词又都是每个人未来的自况。

（1）如梦令（史湘云）

【原文】

岂是绣绒残吐①？卷起半帘香雾②。纤手自拈来，空使鹃啼燕妒③。且住，且住！莫使春光别去！

【注释】

① 绣绒残吐——过去妇女在做刺绣等针线活时，常常要咬断棉线，吐出残留在牙齿上的线绒。这里喻柳絮。

② 香雾——喻柳絮飘飞，似轻雾一般。

③ 鹃鸣燕妒——拟人法，杜鹃和燕子见人们拈柳絮玩赏而产生妒忌。

【译文】

哪里是吐出的绣绒在飞舞，帘外卷起的是团团的香雾。
伸出纤手来拈玩，引起杜鹃啼叫燕子也嫉妒。
慢着，慢着，别放美好的春光离别而去。

【说明】

湘云后来有一段短暂而美好的婚姻，这首词流露她对美好春色的眷念。可终究春光难留，预示她的美满婚姻也好景不长。

（2）南柯子（探春、宝玉）

【原文】

空挂纤纤缕，徒垂络络丝①。
也难绾系②也难羁③，一任东西南北各分离。——贾探春

落去君休惜，飞来我自知④。
莺愁蝶倦晚芳时⑤，纵是明春再见隔年期。——贾宝玉

【注释】

① 纤纤缕、络络丝——喻柳条纤细，如缕如丝。
② 绾（wǎn）系——把东西打成结拴住。
③ 羁——羁绊。
④ 我自知——柳絮自己知道。
⑤ 莺愁蝶倦晚芳时——指春天即将过去。晚芳时，指晚春季节。

【译文】

空空地悬挂着纤细的枝条，徒然地垂下条条柳丝。无可奈何留不住，眼睁睁看着它们东西南北满处漂泊流离。

飘落了你别惋惜，我知道我还会回来的。莺愁蝶倦，已到晚春季，即使来年春天再聚首，还需一年期。

【说明】

上半阕探春写了柳絮离开柳树，随风到处漂泊，暗喻探春后来离家远嫁。

宝玉续下半阕，也暗合探春出嫁后兄妹还有再见面机会。

（3）唐多令（林黛玉）

【原文】

粉堕百花洲[①]，香残燕子楼[②]。一团团、逐对成球[③]。漂泊亦如人命薄，空缱绻，说风流[③]！草木[④]也知愁，韶华竟白头。叹今生、谁舍谁收[⑤]！嫁与东风春不管[⑥]，凭尔去，忍淹留[⑦]！

【注释】

① 粉堕——花落。百花州，位于苏州（林黛玉家乡），传说西施曾到此游玩过。

② 燕子楼——位于今徐州市附近，传说唐代名妓关盼盼居住于此。据说关盼盼和才子张愔感情很深，张死后，关盼盼在燕子楼闭门独居，以示忠贞。

③ 逐对成球——形容柳絮随风碰到时黏在一起，呈球状。

③ 缱绻——缠缠绵绵，难分难舍。风流，（柳絮）随风漂流，也指说才华风度。

④ 草木——双关语，喻黛玉（黛玉曾自称草木之人）。

⑤ 谁舍谁收——指柳絮飘落无人收留。

⑥ 嫁与东风——把命运交给东风。即柳絮被东风吹落，春天不管。自喻无家可依，青春将逝而没有人同情。

⑦ 忍淹留——忍心看柳絮在外漂泊，不挽留。

【译文】

花儿飘零百花洲，香消玉殒燕子楼。柳絮团团成绒球。你四处漂泊和我一样命薄，还说什么情思绵绵才思敏捷！

草木也知道忧愁，青丝变白头。可叹你今生今世，谁来收留！随着东风去，春天已不管，随你在外漂泊，不挽留！

【说明】

黛玉以柳絮自比，感叹自己漂泊无定的命运，满腔哀怨。“粉堕”“香残”“白头”等用词悲观、沉重，“成毬（逑）”“缱绻”“风流”都是空，表达自己寄人篱下“谁拾谁收”“春不管”的孤单哀愁情绪。李纨等众人看了这首诗，一致慨叹：“太作悲了”。

(4) 西江月(薛宝琴)

【原文】

汉苑[①]零星有限,隋堤[②]点缀无穷。三春事业[③]付东风,明月梅花一梦[④]。

几处落红[⑤]庭院,谁家香雪帘栊[⑥]?江南江北一般同,偏是离人恨重[⑦]!

【注释】

① 汉苑——汉代皇家的园林,园内水边多植杨柳。

② 隋堤——隋炀帝时开凿的大运河,河堤上广栽柳树。

③ 三春事业——春天的风景。三春,农历春季三个月,从正月(一月)开始,分别为孟春、仲春、季春。

④“明月”句——月光下的柳絮看似梅花点点,其实不是梅花,所以说“一梦”。

⑤ 落红——落花,表示春去;用“几处”,可见衰落的不止一家。

⑥ 香雪帘栊——指帘栊粘上白色柳絮。香雪,这里指雪白的柳絮。

⑦“偏是”句——古人以折柳赠别。又柳絮漂泊不归,也易勾起离别者的愁绪。

【译文】

汉家帝苑柳树零零星星,隋堤边上却是千里连绵。温暖的东风带来春天的美景,月色笼罩,柳絮似梅花,梦中一般。哪里的庭院花落,谁家的帘栊似雪?大江南北都一样,偏偏是离别的人儿,忧愁重重。

【说明】

薛宝琴只是作为亲戚客居在贾府,有感而发写出此诗,借以表达内心游子一般的惆怅,延续了前面黛玉的哀婉情调,描写了风飘残絮、落红遍地的没落境地。因此宝钗评价此作“终不免过于丧败”。此时宝琴已“许了梅翰林的儿子”,诗中的“明月梅花一梦”也许就是暗喻将来宝琴命运的不妙。

(5) 临江仙(薛宝钗)

【原文】

白玉堂[①]前春解舞[②],东风卷得均匀[③]。蜂围蝶阵[④]乱纷纷。几曾随逝水[5]？岂必委芳尘[6]？　万缕千丝终不改，任他随聚随分[7]。韶华休笑本无根[8]。好风凭借力，送我上青云。

【注释】

① 白玉堂——华美的房舍。

② 春解舞——春风吹起柳花，翩翩起舞。春，代指柳絮。解（xiè），表演。

③ 均匀——指风吹柳絮，有节奏飞动。

④ 蜂围蝶阵——指飘飞的柳絮似成群的蜜蜂蝴蝶飞舞。

⑤ 随逝水——落于水中，随波流去。

⑥ 委芳尘——落于泥土中。

⑦“万缕”二句——意为任凭柳絮漂泊离去，柳树依旧枝条飘拂。

⑧“韶华”句——“休笑韶华本无根”的倒装，指不要笑话我柳絮没有根。韶华，指柳絮。

【译文】

白玉堂前春风卷起柳絮起舞，舞姿翩翩。漫天柳絮犹如蜜蜂成群蝴蝶纷纷。有多少落入流水而去？难道一定要坠入泥土？　依旧是万条垂下柳丝绦，哪管它柳絮合合分分。别嘲笑它无绊无根，到处飘零。若有好风助力，它可以扶摇直上，飞到云霄。

【说明】

与前面几首柳絮词的消极、悲情截然相反，宝钗诗意乐观，视角独特，表达了积极进取、豁达开朗的心态。可悲的是，宝钗最终还是落得个“无根”（丈夫宝玉离家当和尚）的结局，为之一叹！

第七十六回

中秋夜大观园即景联句三十五韵

【说明】

寂寞的秋夜中，黛玉、湘云两人相对联句，后来妙玉加入。有感于情调之凄清伤悲，妙玉止住湘黛二人，独自将连句续完。诗用“十三元”韵，因为旧体格律诗是按照古人沿袭下来的韵书中所分的韵部来押韵的，这里的“元”“繁”“坤”“言”等，现在读音已有变化，似乎是不合韵。排律两句一韵，“三十五韵”，共计七十句。

(1) 三五①中秋夕（黛玉），清游②拟③上元④（湘云）。

【译文】

八月十五中秋夜，赏月游玩赛上元。

【注释】

① 三五——十五日。
② 清游——高雅的游玩。
③ 拟——可与……相比。
④ 上元——阴历正月十五，元宵节。

(2) 撒天箕斗灿①（湘云），匝地②管弦繁③（黛玉）。

【译文】

漫天星斗光灿烂，遍地弦乐声飘飘。

【注释】

① 箕斗——星宿名，南箕北斗，这里指繁星满天。
② 匝地——遍地，满地。
③ 管弦繁——管乐器和弦乐器，这里指乐声阵阵。

(3) 几处狂飞盏[①]（黛玉）？谁家不启轩[②]？（湘云）

【译文】

家家宴饮推杯换盏，户户赏月打开窗户。

【注释】

① 狂飞盏——尽兴举杯喝酒。
② 启轩——打开窗户（赏月）。

(4) 轻寒风剪剪（湘云），良夜景暄暄（黛玉）。

【译文】

天微凉、风轻吹，良宵美景暖人心。

【注释】

① 风剪剪——风尖细的样子。
② 景暄暄——场景热闹。暄暄，暖融融。

(5) 争饼嘲黄发[①]（黛玉），分瓜笑绿媛[②]（湘云）。

【译文】

黄发老者争吃饼，二八佳人乐开怀。

【注释】

①"争饼"句——佛教书《百喻经》有一故事：从前有一对夫妇，有三块饼，两人各吃一块，剩下一块彼此约定："谁先说话，谁就不能吃剩下的一块饼。"于是，夫妻俩均不再说话。晚上，有小偷闯家。夫妻俩有约在先，见偷东西，都不声张，值钱的东西都被偷光。小偷见两人默然无语，胆子更大，竟戏弄其妻。见此情形，丈夫仍不出声。其妻终于不忍其辱，大喊抓贼，并怒声斥骂她的丈夫："你这个笨蛋！为了一块饼，见小偷也不喊！"黄发，男人；争饼，争吃月饼。

②"分瓜"句——旧时女子十六岁为破瓜之年，文人拆"瓜"字为八八，二八芳龄，亦作"分瓜"。绿媛，乌发美女，指年轻姑娘。

(6) 香新荣王桂[①]（湘云），色健茂金萱[②]（黛玉）。

【译文】

桂花盛开遍地香，萱草繁茂颜色鲜。

【注释】

①“香新”句——桂花荣发而飘来新香。
② 萱——忘忧草。

(7) 蜡烛辉琼宴[①]（黛玉），觥筹[②]乱绮园[③]（湘云）。

【译文】

蜡烛高烧耀盛宴，觥筹交错在芳园。

【注释】

① 琼宴——盛宴，摆着玉液琼浆的宴席。
② 觥筹——行酒令用的竹签。觥（gōng），古代酒器。
③ 绮园——芳园，美丽的园林。

(8) 分曹[①]尊一令[②]（湘云），射覆[③]听三宣[④]（黛玉）。

【译文】

分曹行令尊一人，猜谜罚酒听酒令。

【注释】

① 分曹——分职。行酒令作谜猜物，要分作谜的人和猜谜的人。
② 尊一令——服从酒令官一个人的命令。
③ 射覆——猜物游戏。在盆、盂等器具下覆盖某一物件，让人猜测里面是什么东西。
④ 三宣——宣布酒令。

(9) 骰[①]彩红成点（黛玉），传花[②]鼓滥喧[③]（湘云）。

【译文】

争掷骰子红点点，击鼓传花声喧喧。

【注释】

① 骰（tóu）——掷点用的色子，这里作动词用。
② 传花——击鼓传花游戏。
③ 滥喧——敲个不停。

（10）晴光[①]摇院宇[②]（湘云），素彩接乾坤[③]（黛玉）。

【译文】

清朗月光摇动院宇，茫茫月色连接天地。

【注释】

① 晴光、素彩——都指明朗的月光。
② 摇院宇——指月色下，风吹花木摇动，月光斑驳。
③ 乾坤——天地。

（11）赏罚无[①]宾主（黛玉），吟诗序仲昆[②]（湘云）。

【译文】

赏赢罚输不分贵贱，吟诗作赋评出高低。

【注释】

① 无——不分。
② 序仲昆——分出高下，评定优劣。

（12）构思时倚槛（湘云），拟景[①]或依门（黛玉）。

【译文】

时常倚靠栏杆推敲词句，有时依傍门边琢磨意境。

【注释】

① 拟景——琢磨如何描绘景致。拟，模拟，想象。

(13) 酒尽情犹在（黛玉），更残[①]乐已谖[②]（湘云）。

【译文】

酒已饮光兴犹未尽，天将黎明乐声已停。

【注释】

① 更残——夜将尽。
② 谖（xuān）——忘记，引申为停止。

(14) 渐闻语笑寂（湘云），空剩雪霜痕[①]（黛玉）。

【译文】

欢声笑语渐渐沉寂，朗月孤照空空院庭。

【注释】

①雪霜痕——喻照在景物上的月光。

(15) 阶露团朝菌[①]（黛玉），庭烟敛夕棔[②]（湘云）。

【译文】

露湿台阶时，朝菌已团生；烟笼庭院中，夕棔已敛合。

【注释】

① 团朝菌——朝菌长出的意思。团，聚集、卷起。朝菌，一种早晨生的菌类，生命短暂。

② 敛夕棔——夜晚棔树叶子相合。敛，聚合。棔（hūn）——树名，乔木，据说其树叶在夜间成对则合，故又称夕棔、合欢树。

(16) 秋湍[①]泻石髓[②]（湘云），风叶聚云根[③]（黛玉）。

【译文】

清清泉水流出石洞，风吹叶落堆满山石。

【注释】

① 秋湍——秋天湍急的流水。

② 泻石髓——从石窟中泻出。石髓，钟乳石，多洞窟缝隙。
③ 聚云根——堆积在山石上。古人以为云气出自山石，故称云根。

(17) 宝婺[①]情孤洁（黛玉），银蟾[②]气吐吞（湘云）。

【译文】

天上婺女情意孤傲高洁，月中蟾蜍呼气一吐一吞。

【注释】

① 宝婺（wù）——婺女星。因常比作女神，所以说“情孤洁”。
② 银蟾——月亮上的蟾蜍。

(18) 药经灵兔捣[①]（湘云），人向广寒奔[②]（黛玉）。

【译文】

月上白兔正在捣药，人间嫦娥正奔向月亮。

【注释】

①“药经”句——传说月亮上有白兔捣药。
②“人向”句——传说嫦娥偷吃不死药而奔月。广寒，指月亮。

(19) 犯斗[①]邀牛女[②]（黛玉），乘槎[③]访帝孙[④]（湘云）。

【译文】

上天去见牛郎织女，乘着仙阀拜访帝孙。

【注释】

① 犯斗——迷信说法：外来的星宿冲犯了牛斗（牵牛星）
② 牛女——牵牛、织女两星。
③ 槎（chá）——木筏，仙人往来天河的交通工具。
④ 帝孙——织女，传说她是天帝的孙女。

(20) 盈虚[1]轮[2]莫定(湘云),晦朔[3]魄空存[4](黛玉)。

【译文】

月圆月缺月轮不定,月末月初月亮不见。

【注释】

① 盈虚——指月的圆缺。
② 轮——月轮。
③ 晦朔——阴历月末最后一天叫晦,月初第一天叫朔。
④ 魄空存——指月初月末已无月光而徒存魂魄。

(21) 壶漏[1]声将涸[2](黛玉),窗灯焰已昏[3](湘云)。

【译文】

漏壶水尽声音将止,纱窗之上灯影已昏。

【注释】

① 壶漏——即漏壶,古代计时用具。
② 涸——水干,这里指因壶里的水即将干涸,漏壶水滴声就要停止了。
③ 焰已昏——指蜡烛即将燃完或者灯油将耗尽,火焰昏暗。

(22) 寒塘[1]渡鹤影[2](湘云),冷月葬花魂[3](黛玉)。

【译文】

寒塘水上闪过鹤飞倒影,冷月光下埋葬花之精魂。

【注释】

① 寒塘——池塘里的水透着寒气。
② 渡鹤影——形容鹤飞行速度快,在水塘里的倒影一闪而过。
③“冷月”句——清冷的月光照着花的魂魄。因为时至中秋,百花凋零,花儿落地入土(已死)只剩魂魄,故有此说。

【说明】

妙玉这时候加入,下面的诗句为妙玉一人所作。

(23) 香篆[①]销金鼎[②]，脂冰[③]腻玉盆[④]。

【译文】

更香燃烧香炉之中，蜡油滴落托盘之上。

【注释】

① 香篆——篆香、更香，制作成篆文形状的香。
② 销金鼎——指篆香在鼎炉中燃烧。销，焚尽于。金鼎，鼎炉、香炉。
③ 脂冰——冰一样的香脂，指蜡烛油。
④ 腻玉盆——指滴下来的蜡烛油在托盘中凝固了。

(24) 箫增嫠妇[①]泣，衾倩侍儿温[②]。

【译文】

箫声哀怨，寡妇哭泣更加伤痛；被褥已凉，还靠侍女温热。

【注释】

① 嫠（lí）妇——寡妇。
② 温——作动词用，使温暖。

(25) 空帐悬文凤，闲屏掩彩鸳。

【译文】

空空纱帐悬饰孤凤，闲置屏风遮掩独鸳。

【注释】

帐上绣的凤，屏上绘的鸳，因凤凰、鸳鸯均成双成对，这里却是有凤无凰，有鸳无鸯，所以用“空悬”“闲掩”，反衬人的孤独。

(26) 露浓苔更滑，霜重竹难扪[①]。

【译文】

露水渐浓苔藓更滑，秋霜很重翠竹冰凉。

【注释】

① 扪（mén）——摸，按。

(27) 犹步萦纡沼[①]，还登寂历原[②]。

【译文】

漫步曲折小池周边，再登高岗寂静之地。

【注释】

①“犹步”句——可以漫步在曲折的池塘边。犹，可以。萦纡（yíng yū），盘旋环绕。沼，池沼、池塘。

②“还登”句——还可登上寂静的高地。寂历，寂静。原，高地、高处。

(28) 石奇神鬼搏，木怪虎狼蹲。

【译文】

奇石好似神鬼缠斗，怪树像是虎狼坐蹲。

【注释】

石头形状奇特，好像神鬼在打架；树木长得很怪，仿佛蹲着的野兽。

(29) 赑屃[①]朝光[②]透，罘罳[③]晓露屯[④]。

【译文】

碑石之上朝霞尽染，墙垣处处洒满露痕。

【注释】

① 赑屃（bì xì）——又称龙龟，传说龙所生的怪物，像龟，好负重，石碑下当垫座的大龟即是。这里指代碑石。

② 朝光——早晨的阳光。

③ 罘罳（fú sī），古代设在门外或城角上的网格状建筑，用以守望和防御。这里泛指门外有孔的垣屏。

④ 屯——聚集。

(30) 振林[1]千树鸟，啼谷一声猿。

【译文】

树林里百鸟在争鸣，深谷里猿猴在啼叫。

【注释】

① 振林——指树林中生机勃勃。

(31) 歧熟[1]焉忘径？泉知[2]不问源[3]。

【译文】

熟悉路径怎会走错？知道泉水不需问源头。

【注释】

① 歧熟——即熟歧，熟悉岔路，认识路的意思。歧，路分开的地方。
② 泉知——知泉，知道泉水。
③ 源——泉水的源头。

(32) 钟鸣栊翠寺[1]，鸡唱稻香村[2]。

【译文】

栊翠庵内钟声阵阵，稻香村里雄鸡报晓。

【注释】

① 栊翠寺——妙玉所住的栊翠庵。
② 稻香村——李纨居住地。

(33) 有兴[1]悲何继？无愁意岂烦[2]？

【译文】

兴趣盎然悲从何来，无忧无虑哪来烦恼？

【注释】

① 有兴——有兴致。

② 意岂烦——怎么会心里烦恼。

(34) 芳情只自遣[1]，雅趣向谁言！

【译文】

脉脉情思自己排遣，高雅意趣向谁言说！

【注释】

① 遣——排遣，寻找地方寄托。

(35) 彻旦[1]休云倦，烹茶更细论。

【译文】

通宵达旦不知疲倦，煮杯香茶再细讨论。

【注释】

① 彻旦——通宵达旦。

【说明】

自从抄检大观园后，荣国府的这个中秋节格外冷落凄清。晚宴上黛玉“对景感怀”“倚栏垂泪”，湘云宽慰她，二人离席，偷偷离开凸碧山庄，来到位于山坳水边的凹晶馆，“近水赏月”，并做起联诗取乐。后来妙玉加入，请她们到栊翠庵喝茶。有感于湘黛诗过于悲凉，妙玉想把“颓败凄楚”的调子“翻转过来”，所以联诗至黛玉的“冷月葬花魂”后部分由妙玉单独续作完成。

第七十八回

姽婳词三首

【说明】

贾政称赞林四娘“风流隽逸，忠义感慨”，“最是千古佳谈”，命贾兰、贾环和宝玉各作诗一首以凭吊。

其一（贾兰）

【原文】

姽婳[①]将军林四娘[②]，玉为肌骨铁为肠[③]。
捐躯自报恒王后，此日青州土亦香！

【注释】

① 姽婳（guǐ huà）——形容女子容貌美好娴静。

② 林四娘——传说青州的恒王的姬妾，美艳豪迈。曾在后宫带领众美女习武布阵，深得恒王宠爱，呼为“姽婳将军”。后来恒王战死，林四娘率宫女“讨贼”报仇，血染沙场。

③ 铁为肠——形容性情刚烈。

【译文】

美丽女将林四娘，花容月貌铁心肠。
自从捐躯报恒王，至今青州土还香。

其二（贾环）

【原文】

红粉不知愁[①]，将军意未休[②]。
掩啼离绣幕，抱恨出青州。

自谓酬王德，讵能[3]复寇仇[4]？
谁题忠义墓，千古独风流！

【注释】

① 红粉——指林四娘。因林四娘生活在后宫，得恒王宠爱，所以没有忧愁。

② 意未休——心怀仇恨。指恒王死后，林四娘决意要为其报仇。

③ 讵（jù）能——怎么能够。

④ 复寇仇——杀敌寇以报仇。

【译文】

红粉佳人不知忧愁，女中豪杰不肯罢休。
擦干眼泪离开后宫，抱着仇恨跨出青州。
本是报答恒王恩德，哪有能力杀寇复仇？
谁来题写忠义墓碑，名传千古独占风流！

其三（贾宝玉）

【原文】　　【译文】

恒王好武兼好色，——恒王既好武功又喜爱女色，
遂教美女习骑射；——于是吩咐后宫美女们练习骑射；
秾[1]歌艳舞不成欢[2]，——对秾歌艳舞不感兴趣，
列阵挽戈为自得[3]。——见排兵布阵、耍枪弄棒就洋洋得意。
眼前不见尘沙起[4]，——眼下天下太平无战事，
将军俏影红灯里；——女将俏丽的身影在红灯里出没；
叱咤[5]时闻口舌香，——训练时的吆喝声口舌生香，
霜矛雪剑娇难举。——因为娇弱而难举起冰冷长矛雪亮宝剑。
丁香结子芙蓉绦[6]，——丁香花蕾的扣结，绣上芙蓉花的丝带，
不系明珠系宝刀；——没有系挂明珠却系挂宝刀；
战罢夜阑[7]心力怯，——操练结束已是夜深，精疲力竭，
脂痕粉渍污鲛绡[8]。——香汗淋漓手帕上满是脂粉痕迹。
明年流寇走山东[9]，——一年后山东的盗贼流寇作乱，
强吞虎豹[10]势如蜂；——强悍凶猛如虎豹，密集势大似群蜂；
王率天兵思剿灭，——恒王率朝廷兵马意欲剿匪平叛，

一战再战不成功；——屡战屡败不见成功；
腥风吹折陇头麦，——战场杀戮血腥气吹断田中麦苗，
日照旌旗虎帐[11]空。——残阳如血照耀军旗帅帐已空。
青山寂寂水澌澌[12]，——恶战过后青山一片死寂只有流水澌澌，
正是恒王战死时；——荒野无声正是恒王战死之时；
雨淋白骨血染草，——雨水淋着累累白骨，鲜血染红碧绿青草，
月冷黄沙鬼守尸；——清冷月光映照沙场，尸横遍野；
纷纷将士只保身，——官兵们纷纷畏战，明哲保身，
青州眼见皆灰尘[13]。——眼看着青州地域蒙受兵灾祸害。
不期忠义明闺阁[14]，——没想到闺阁之中却有忠孝节义之人，
愤起恒王得意人；——恒王生前宠爱的佳人愤而起兵；
恒王得意数谁行[15]？——恒王最宠爱的人是谁？
姽婳将军林四娘；——女中豪杰林四娘；
号令秦姬驱赵女[16]，——发号施令率领后宫众姬妾，
艳李秾桃临战场。——艳丽的桃李花儿们勇敢上战场。
绣鞍有泪春愁重，——跨上马鞍忍悲含泪千愁万恨，
铁甲无声夜气凉；——身披铠甲在寒冷夜晚默默行进；
胜负自然难预定，——胜败本来难以预料，
誓盟生死报前王。——大家誓言以死报答君王的恩德。
贼势猖獗不可敌，——贼寇猖狂势力强大不能敌当，
柳折花残血凝碧[17]；——弱柳娇花摧折，血洒沙场；
魂依城郭家乡近，——香魂依恋城郭不肯离开家乡，
马践胭脂骨髓香。——战马践踏美女尸体骨髓含香。
星驰时报[18]入京师，——战事不利消息十万火急报入京城，
谁家儿女不伤悲！——谁家儿女听闻此事迹不伤感悲痛！
天子惊慌恨失守，——皇帝惊慌失措，为城池失守发愁，
此时文武皆垂首。——满朝文武此时也只是垂首而立。
何事[19]文武立朝纲，——为什么文武百官满朝堂，
不及闺中林四娘！——却不如闺中女子林四娘！
我为四娘长叹息，——我为四娘的义举长长的叹息，
歌成余意尚彷徨[20]！——写完此诗，意犹未了，还是惆怅彷徨！

【注释】

① 秾（nóng）——花木繁盛。

② 不成欢——不能让恒王高兴。

③ 为自得——使恒王得意。

④ 尘沙起——指发生战争。

⑤ 叱咤——呼喊，指发布训令时的吆喝声。

⑥“丁香”句——形状如丁香花蕾的扣结，绣上芙蓉花的丝带。

⑦ 战罢夜阑——操练结束已是深夜。

⑧ 鲛绡——手帕。

⑨ 流寇——流窜的贼寇。走，奔跑、活动。山东，太行山以东。

⑩ 强吞虎豹——如虎豹一样强悍，指其凶猛。

⑪ 虎帐空——指恒王战死。虎帐，军中主将的营帐。

⑫ 澌澌——水流声。

⑬ 皆灰尘——指兵灾到处被破坏。

⑭ 不期——想不到。忠义明闺阁，即闺阁明忠义。

⑮ 数谁行（háng）——要算哪一个。行，语助词。

⑯ 秦姬、赵女——非实指，泛指美女。古人常说秦国和燕、赵多佳人。姬，古时妇人的美称。驱，率队进军。

⑰ 血凝碧——血洒沙场。

⑱ 星驰时报——指使者快马如流星飞驰报送军情。

⑲ 何事——为何。

⑳ 余意尚彷徨——意犹未了，感慨挥之不去。

【说明】

贾兰、贾环的诗表达了对女英雄的歌颂赞美之情，但仅此而已。贾宝玉的诗不仅篇幅很长，更可贵的是指出了国家有难时竟无一人是男儿。“纷纷将士只保身”，柔弱女子敌凶顽，讽刺男儿无为。不仅如此，诗的最后还发出“何事文武立朝纲，不及闺中林四娘!”的诘问，揭露文武百官的腐败无能。

芙蓉女儿诔①

【原文】

维②太平不易之元，蓉桂竞芳之月，无可奈何之日，怡红院浊玉③，谨以群花之蕊、冰鲛之縠④、沁芳之泉、枫露之茗：四者虽微，聊以达诚申信，乃致祭于白帝宫中抚司秋艳芙蓉女儿之前曰：

【译文】

千秋万岁太平年，芙蓉桂花竞芳月，无可奈何伤感日，怡红院的糊涂虫宝玉，谨以百花之精华，圣洁的绸纱，芳香的泉水，枫露之香茶：四件供品虽然微薄，姑且用来表示我诚挚的心意，祭奠在白帝宫中主管秋花之芙蓉女神面前，并祭悼说：

【注释】

① 诔（lěi）——哀悼死者的文章。

② 维——语助词，古人作祭文时习惯用“维”作开篇语。

③ 浊玉——宝玉对自己的谦称，与晴雯的高洁相比，宝玉认为自己污浊不堪。

④ 冰鲛之縠——传说鲛（jiāo）人居南海中，滴泪成珠，所织之绡明洁凉爽。縠（hú），有皱纹的纱。

【原文】

窃思女儿自临浊世，迄今凡十有六载，其先之乡籍姓氏，湮沦而莫能考者久矣。

【译文】

我默默思念：姑娘自从降临人世，至今已有十六年了。你先前的家乡所在和姓氏都早已湮没，无法查考了。

【原文】

而玉得于衾枕栉沐之间，栖息宴游之夕，亲昵狎亵、相与共处者，仅五年八月有畸。

【译文】

而我有幸与你在睡卧梳洗、坐卧宴饮游玩之中，亲密无间、友好相处，仅仅才五年零八个月多的时间啊！

【原文】

忆女曩[①]生之昔，其为质则金玉不足喻其贵，其为性则冰雪不足喻其洁，其为神则星日不足喻其精，其为貌则花月不足喻其色。

【译文】

想当初，你的品质比黄金美玉还要高贵；你的性情比晶冰白雪还要纯洁；你的精神比明星朗日还要光辉；你的容貌比春花秋月还要美艳。

【注释】

① 曩（nǎng）——从前，以往。

【原文】

姊娣悉慕媖娴[①]，妪媪[②]咸仰惠德。

【译文】

姊妹们都喜欢你的美丽文雅，仆妇们都敬仰你的贤惠才德。

【注释】

① 媖娴——女子美好叫媖。娴，文雅。
② 妪媪（yù ǎo）——指上了年纪的贾府女佣人。妪，老妇女。媪，古代对妇女的通称。

【原文】

孰料鸠鸩[①]恶其高，鹰鸷[②]翻遭罦罬[③]；薋葹[④]妒其臭[⑤]，茝兰[⑥]竟被芟鉏[⑦]！

【译文】

谁能料到恶鸟仇恨高翔，雄鹰反而落入罗网；毒草嫉妒芬香，香兰竟然被人锄除。

【注释】

① 鸠鸩（jiū zhèn）——传说中的毒鸟。
② 鹰鸷（zhì）——猛禽。
③ 罦罬（fú zhuó）——捕鸟的网，这里是被网捕获的意思。
④ 薋葹（cí shī）——苍耳和蒺藜，泛指恶草。
⑤ 臭（xiù）——气味，这里指香气。

⑥ 茝（chǎi）兰——香草。

⑦ 芟钽（shān chú）——锄草。芟，除去。鉏，可编席的草。

【原文】

花原自怯，岂奈狂飙？柳本多愁，何禁骤雨？

【译文】

花儿原来就娇嫩，怎么能抵挡狂风？柳枝本来就柔弱，如何经得起暴雨？

【原文】

偶遭蛊虿之谗[①]，遂抱膏肓之疾[②]。

【译文】

突然遭受恶毒的诽谤，于是得了个不治之症。

【注释】

① 蛊虿（gǔ chài）之谗——极为恶毒的诽谤人的话。蛊：传说中的毒虫。虿：蝎子一类的毒虫。谗：谗言，毁谤的话。

② 膏肓（huāng）之疾——不治之症。

【原文】

故樱唇红褪，韵吐呻吟；杏脸香枯，色陈顑颔[①]。诼谣[②]謑诟[③]，出自屏帏；荆棘蓬榛，蔓延户牖[④]。

【译文】

所以，红唇褪色，含悲呻吟；花容香消，面色憔悴。流言蜚语，出自室内；荆棘毒草，爬满门窗。

【注释】

① 顑颔（kǎn hàn）——面色干黄憔悴。

② 诼（zhuó）谣——造谣中伤。

③ 謑（xī）诟——嘲讽辱骂。

④ 户牖（yǒu）——门和窗户。牖，窗户。

【原文】

岂招尤则替[①]，实攘诟[②]而终。

【译文】

并非是自招罪孽而丧生，实在是蒙受污辱而死。

【注释】

① 招尤则替——自招过失而受伤害。尤，怨恨。替，废。
② 攘诟——蒙受耻辱。

【原文】

既怀幽忳[①]于不尽，复含罔屈[②]于无穷。

【译文】

你是既怀着不尽的忧忿，又含着无穷的冤屈呵！

【注释】

① 幽忳（tún）——指隐藏在内心深处的怨恨。忳，忧郁。
② 罔屈——冤屈。罔，不直。

【原文】

高标见嫉，闱闺恨比长沙[①]；直烈[②]遭危，巾帼惨于羽野[③]。

【译文】

品格高尚被人妒忌，姑娘的愤恨恰似受打击被贬到长沙去的贾谊；正直刚烈遭受厄运，姑娘的悲惨超过被杀在羽山的鲧。

【注释】

① 长沙——指汉文帝时大臣贾谊，著名政治家，年轻时就担任要职。主张强化中央集权，削弱地方诸侯权力。后来受到权贵排斥，被贬为长沙王太傅（辅佐官），后人又称他贾长沙，死时年仅三十三岁。
② 直烈——性情耿直刚烈。

③ 羽野——羽山的荒野。传说大禹的父亲鲧（gǔn）擅自拿息壤（一种可以生长不息的神土，能堵塞洪水）治洪水，天帝就叫祝融将他杀死在羽山。作者借宝玉之口，认为鲧被杀系天大的冤屈，而晴雯之死则比鲧更冤更惨。

【原文】

自蓄辛酸，谁怜夭折？仙云既散，芳趾难寻。

【译文】

独自怀着无限辛酸，谁来可怜姑娘的不幸夭亡？就像美丽的云彩消散，我又到哪里去寻找你的踪迹？

【原文】

洲迷聚窟[①]，何来却死之香？海[②]失灵槎[③]，不获回生之药。

【译文】

找不到聚窟洲这地方，怎么能弄到使人不死的神香？东海没有仙筏，也得不到起死回生的妙药。

【注释】

① 洲迷聚窟——传说西海有聚窟洲，洲上有大树，香闻数百里，叫作返魂树，煎汁制丸，叫做振灵丸，或名却死香，能起死回生。迷，迷失方向，不知去路。

② 海——指东海。传说东海中蓬莱仙岛上有不死之药。

③ 灵槎——仙舟。槎，筏子，借作船。

【原文】

眉黛烟青，昨犹我画；指环玉冷，今倩谁温？

【译文】

你眉毛上的黛色如同青烟，昨天还是我亲手描画；你戴着指环的玉手冰凉，如今又有谁把它渥暖？

【原文】

鼎炉之剩药犹存，襟泪之余痕尚渍。

【译文】

炉罐里你吃剩的药物还在，衣襟上你的泪痕尚存。

【原文】

镜分鸾影①，愁开麝月②之奁；梳化龙飞③，哀折檀云之齿④。

【译文】

镜已破碎，你已离去，我满怀愁绪，打开麝月的镜匣；梳亦化作云龙飞升，悲哀的是檀云的梳齿已经折损。

【注释】

① 镜分鸾影——传说西域国王捉到鸾鸟一只，很喜欢，但养了三年它都不肯叫。听说鸟见了同类才鸣，就挂一面镜子让它照。鸾见影，悲鸣冲天，一奋而死。后多称镜为鸾镜。

② 麝月——借用丫鬟麝月名，谐“射月”，同时指镜子。

③“梳化”二句——借用晋人陶侃悬梭于壁，梭化龙飞去传说。“梳”与“梭”音同。

④ 檀云之齿——檀木梳的齿。

【原文】

委①金钿②于草莽，拾翠盒③于尘埃。

【译文】

镶嵌着金玉的珠花被抛弃在杂草中，我捡起落满灰尘的首饰盒子。

【注释】

① 委——丢弃。

② 钿（diàn）——金翠珠宝制成的花形首饰。

③ 翠盒——镶嵌翠玉的首饰盒子。

【原文】

楼空鸩鹊①，从悬七夕之针②；带断鸳鸯③，谁续五丝之缕④？

【译文】

人去楼空，有乞巧之针却无人向针眼中穿线；鸳鸯带已断，谁能够用五色的丝线再把它接续起来？

【注释】

① 鳷鹊（zhī què）——本是传说中的一种鸟，汉武帝时所建的一处楼阁以此命名。这里代指华丽的楼阁。

②“从悬”句——古时风俗，农历七月初一到七月七日夜，穿着新衣的少女们在庭院摆上瓜果，向织女星乞求智巧，称为“乞巧”。方式大多是姑娘们穿针引线验巧，做些小物品赛巧。晴雯善于针织，所以有此说。

③ 带断鸳鸯——比喻情人分离。

④ 五丝之缕——指七夕所结之“彩缕”。

【原文】

况乃金天属节，白帝司时；孤衿有梦，空室无人。

【译文】

况且现在是秋天时节，西方白帝，应时司令。孤孤单单地躺入被褥进入梦乡，空寂的房子里再无知心之人。

【原文】

桐阶月暗，芳魂与倩影同销；蓉帐香残，娇喘共细言皆绝。

【译文】

梧桐树荫下，月色昏暗，你芬芳的魂魄和美丽的姿影一同消逝。芙蓉纱帐里，香气消散，你娇弱的喘息和悄悄的话语全都无存。

【原文】

连天衰草，岂独蒹葭[①]；匝地悲声，无非蟋蟀。

【译文】

一望无际的衰草，又何止枯萎的芦苇；处处悲凉的声音，无非是蟋蟀在哀鸣。

【注释】

① 蒹葭（jiān jiā）——芦苇。

【原文】

露苔晚砌，穿帘不度寒砧①；雨荔秋垣，隔院希闻怨笛。

【译文】

夜里阶石上布满露水和青苔，听不到穿过帘子传进来的捣衣砧声音。秋雨打在爬满了薜荔的墙垣上，也难听到隔壁院子里幽怨的笛声。

【注释】

① 不度寒砧——这里是说人已死去，不再有捣衣的砧声传来。度，传。寒砧，古代妇女每于秋夜捣衣，故称寒砧。砧，捣衣石。

【原文】

芳名未泯，檐前鹦鹉犹呼；艳质将亡，槛外海棠预老。

【译文】

你的名字未被忘却，屋檐前的鹦鹉还在叫你；你娇艳的生命将要结束时，栏杆外的海棠就预先衰老。

【原文】

捉迷屏后，莲瓣①无声；斗草庭前，兰芳枉待。

【译文】

当日你躲在屏风后捉迷藏，听不到你的脚步声；如今斗草的庭院前，那些香草香花还在枉然等待你归来。

【注释】

① 莲瓣——形容旧时女子的小脚。

【原文】

抛残绣线，银笺[①]彩缕谁裁？折断冰丝[②]，金斗御香未熨[③]。

【译文】

绣线都没了，谁来裁书笺缕花边？百裙上的褶子消失了，也无人再去熨平。

【注释】

① 银笺——华贵的小幅纸张，四边用绣线刺绣，制作考究。古时用以题咏或写书信。

② 折断冰丝——指百褶裙上的褶子没有了。

③ 金斗御香——古代是没有电，一般是将烧热的木炭放于铜制熨斗内加热，所以，又叫“火斗”“金斗”。这里改木炭为“御香”是显示奢华。

【原文】

昨承严命，既趋车而远涉芳园；今犯慈威，复拄杖而近抛孤柩。

【译文】

昨天，我奉父之严命，乘车远出家门，没有与你诀别；今天，我冒犯慈母的威严，拄着拐杖再来，走近你被抛弃的孤零零的灵柩。

【原文】

及闻槥棺[①]被燹[②]，顿违共穴之盟[③]；石椁[④]成灾，愧迨[⑤]同灰之诮。

【译文】

及至闻说你的棺木被焚毁的消息，我顿时感到自己违背了与你死同墓穴的盟誓。你死后棺椁竟还遭受如此的灾祸，我深深惭愧曾对你说过要同化灰尘的旧话。

【注释】

① 槥（huì）棺——棺材。槥，古代一种小棺材。

② 燹（xiǎn）——野火。引申为烧。

③ 共穴之盟——死当同葬的盟约。穴，墓穴。
④ 椁（guǒ）——棺外的套棺。
⑤ 迨（dài）——及。

【原文】

尔乃[1]西风古寺，淹滞青磷[2]，落日荒丘，零星白骨。

【译文】

西风古寺旁磷火闪烁徘徊，落日荒坟上白骨散乱抛洒。

【注释】

① 尔乃——发语词。下文“若夫”也是发语词。
② 淹滞青磷——青色的磷火缓缓飘动。骨中磷质遇到空气燃烧而发的光，从前人们误以为鬼火。

【原文】

楸榆飒飒，蓬艾萧萧。

【译文】

楸树榆木上秋风飒飒，蓬草艾叶中冷气萧萧。

【原文】

隔雾圹[1]以啼猿，绕烟塍[2]而泣鬼。

【译文】

隔着雾腾腾的坟墓听到猿声哀鸣，绕着烟蒙蒙的田塍有冤鬼在哭泣。

【注释】

① 圹（kuàng）——坟墓。
② 塍（chéng）——田间的土埂。

【原文】

岂道红绡帐里，公子情深；始信黄土陇中，女儿命薄！

【译文】

原以为红绡帐里，公子我对你情深义重；现在才明白黄土垅中的姑娘，命运实在太悲惨！

【原文】

汝南斑斑泪血[①]，洒向西风；梓泽[②]默默馀衷，诉凭冷月。

【译文】

就如同汝南王失去了碧玉，只能将点点泪血洒向西风；又好比石崇保不了绿珠，惟有把满腔深情默默地对冷月倾诉。

【注释】

① 汝南泪血——宝玉以汝南王自比，以汝南王爱妾碧玉比晴雯。碧玉，中国古代著名美女，成语“小家碧玉”的主角，晋代汝南王司马亮的宠妾。

② 梓泽——东晋首富石崇有别馆在河阳的金谷，又名梓泽。这里代指石崇。《晋书·石崇传》：崇有妓曰绿珠，美而艳，善吹笛。孙秀使人求之，崇勃然曰：“绿珠吾所爱，不可得也！”秀怒，矫诏（诈称皇帝的命令）收（捕）崇。崇正宴于楼上，介士（武士）到门，崇谓绿珠曰：“我今为尔得罪！”绿珠泣曰：“当效死于君前。”因自投于楼下而死。

【原文】

呜呼！固鬼蜮[①]之为灾，岂神灵而亦妒？

【译文】

啊！这本是鬼蜮小人制造的灾祸，难道神灵也对你有所忌妒？

【注释】

① 蜮（yù）——传说中水边的一种害人虫，能含了沙射人的影子，人被射后要害病。这里指用阴谋诡计暗害人的人。

【原文】

钳诐奴[①]之口，讨岂从宽？剖悍妇之心，忿犹未释！

【译文】

恨不得钳住那长舌奴才的烂嘴，绝不宽容！剖开那恶毒妇人的黑心，还是不能解恨！

【注释】

① 诐（bì）奴——与下句的悍妇都指王善保家的和周瑞家的一伙迎上欺下、狗仗人势的奴才管家们。诐，奸邪而善辩，引申为弄舌。

【原文】

在君之尘缘虽浅，然玉之鄙意岂终。因蓄惓惓[①]之思，不禁谆谆[②]之问。

【译文】

你我在红尘中的缘份虽浅，而我对你的情意绵绵不绝。因为我怀着无限的情思，所以就禁不住不停地追问。

【注释】

① 惓（quán）惓——同“拳拳”，情意深厚的意思。
② 谆谆——喋喋不休。

【原文】

始知上帝垂旌[①]，花宫待诏[②]，生侪[③]兰蕙，死辖芙蓉。

【译文】

现在才知道天帝传了你去，在花宫等待任命。生前与兰蕙为伴，死后去管辖芙蓉花。

【注释】

① 垂旌——用竿挑着旌旗，作为使者征召的信号。
② 待诏——本汉代官职名。这里是等待天帝的诏命，即供职的意思。
③ 侪（chái）——共同。

【原文】

听小婢之言，似涉无稽；据浊玉之思，深为有据。

【译文】

听了小丫头的话，似乎荒唐无稽，在糊涂的我看来，却是满有依据。

【原文】

何也？昔叶法善摄魂以撰碑[①]，李长吉被诏而为记[②]，事虽殊其理则一也。

【译文】

为什么呢？从前叶法善就曾摄走李邕的魂魄，叫他写碑文；李贺也被天帝召去，要他写《白玉楼记》。事情虽然有别，道理却是一样的。

【注释】

① 叶法善——唐代术士，传说他曾把当时有名的文人和书法家李邕的灵魂从梦中摄去，给他的祖父叶有道撰述并书写碑文，世称“追魂碑”。

② 李长吉——即李贺。传说李贺临死时，有天帝使人来召，说是上帝建成了白玉楼，叫他去作记述白玉楼的文章，还说天上比较快乐，不像人间悲苦，要李贺不必推辞。

【原文】

故相物以配才，苟非其人，恶乃滥乎其位？

【译文】

所以，事物总是要找到能够与它相配的人去做，如果这个人不适合做这件事，那岂不是用人不当吗？

【注释】

恶乃——怎么不是。恶（Wū），怎么。乃，是，因为是反问句，所以“乃”解作“不是”。

【原文】

始信上帝委托权衡，可谓至治至协，庶不负其所秉赋也。

【译文】

现在我才相信，上帝委托一个人办事是量才使用的，真是恰当妥善之极，这样不至于委屈你的品性和才能。

【原文】

因希其不昧之灵，或陟降[1]于兹，特不揣鄙陋之词有污慧听，乃歌而招之曰：

【译文】

所以我希望你永不泯灭的灵魂，能降临到这里，特地冒昧说出这些鄙陋粗俗的话语，打扰你了，接下来唱首歌来召唤你的芳魂：

【注释】

① 陟降——这里是降临的意思。陟（zhì），上升，降是下降。

【原文】

天何如是之苍苍兮，乘玉虬[1]以游乎穹窿[2]耶？

【译文】

天空为什么这样幽远啊，是你乘着玉龙在天庭遨游吗？

【注释】

① 玉虬（qiú）——白玉色的无角龙。
② 穹窿——天看上去中间高，四方下垂像圆顶篷帐，所以称穹窿。

【原文】

地何如是之茫茫兮，驾瑶象[1]以降乎泉壤耶？

【译文】

大地为什么这样广阔啊！是你乘着象牙车降临九泉之下吗？

【注释】

① 瑶象——指美玉和象牙制成的车子。

【原文】

望伞盖之陆离[1]兮，抑箕尾[2]之光耶？

【译文】

看你车上的伞盖多么绚烂啊！那是箕星和尾星的光芒吗？

【注释】

① 陆离——形容色彩绚丽繁杂。

② 箕尾——箕星和尾星，古代神话，商王的相叫傅说（yuè），死后精神寄托于箕星和尾星之间，叫作“骑箕尾”。这里隐指芙蓉女儿的灵魂。

【原文】

列羽葆[1]而为前导兮，卫危虚[2]于傍耶？

【译文】

排列装饰着羽毛的华贵大车在前开路啊，是危星和虚星护卫在你两旁吗？

【注释】

① 羽葆——古代达官贵人所乘车子上有伞形的遮蔽物，以鸟羽连缀作为装饰。

② 危虚——虚、危都是属于二十八宿星座的名称。

【原文】

驱丰隆[1]以为庇从兮，望舒[2]月以临耶？

【译文】

令云神作为侍从啊！你是要驾临月亮那里吗？

【注释】

① 丰隆——神话中的云神（或雷神）。

② 望舒——中国神话传说中为月驾车之神，借指月亮。

【原文】

听车轨而伊轧兮，御鸾鹥[1]以征耶？

【译文】

听车轴伊伊哑哑响啊！是你驾着鸾凤远游吗？

【注释】

① 鸾鹥（luán yī）——鸾鸟与鹥鸟，皆凤属。

【原文】

闻馥郁而飘然兮，纫蘅杜以为纕①耶？

【译文】

闻到扑鼻的香气飘来啊！是你用蘅、杜芳草结成佩带发出的吗？

【注释】

① 纫蘅杜以为纕（xiāng）——把蘅、杜等香草串连起来作为身上的佩带。纕，佩带。

【原文】

斓裙裾之烁烁兮，镂明月以为珰①耶？

【译文】

你的衣裙是光彩夺目啊！是用明月雕刻的耳坠子吗？

【注释】

① 珰（dāng）——耳坠子。

【原文】

借葳蕤①而成时②兮，檠莲焰③以烛兰膏④耶？

【译文】

用繁茂的花叶作为祭坛啊，点燃了莲灯火烧的是香油吗？

【注释】

① 葳蕤（wēi ruí）——花草茂盛的样子。

② 畤（zhì）——古时帝王祭天地五帝之所
③ 檠（qíng）莲焰——在灯台里点燃起莲花似的灯焰。檠，灯台。
④ 烛兰膏——烧香油。

【原文】

文瓝瓠[①]以为觯斝[②]兮，洒醽醁以浮别醑耶？[③]

【译文】

在葫芦上雕刻花纹作为酒具啊，里面灌装了美酒琼浆吗？

【注释】

① 瓝瓠（bó hú）——葫芦之类的瓜，壳硬可作酒器。
② 觯斝（zhì jiǎ）——古代两种酒器名。
③ 醽醁（líng lù）、别醑（xǔ）——均为美酒名。

【原文】

瞻云气而凝眸兮，仿佛有所觇[①]耶？

【译文】

抬眼看天上的烟云而凝目注视啊！好像观察到了什么吗？

【注释】

① 觇（chān）——偷偷地察看。

【原文】

俯窈窕[①]而居耳兮，恍惚有所闻耶？

【译文】

俯首向深远的地方侧耳啊，似乎听到了什么了吗？

【注释】

① 窈窕——深远貌。

【原文】

期汗漫[①]而于无际兮，捐弃予于尘埃耶？

【译文】

你在天国自由自在遨游啊，就忍心把我抛弃在这尘世上吗？

【注释】

① 汗漫——广大，漫无边际。

【原文】

倩风廉[①]之为余驱车兮，冀联辔[②]而携归耶？

【译文】

请风神为我赶车啊，能期望我俩一起并驾而归吗？

【注释】

① 风廉——指风神。
② 联辔（pèi）——联骑，并驾齐驱。

【原文】

余中心为之慨然兮，徒嗷嗷[①]而何为耶？

【译文】

我的心里为此感慨不已啊，徒然哀叹悲号又有什么用呢？

【注释】

① 嗷嗷（jiào jiào）——指悲哭声。

【原文】

卿偃然而长寝兮，岂天运之变于斯耶？

【译文】

你长眠不醒了啊，难道天道变幻就是这样的吗？

【原文】

既窀穸[1]且安稳兮，反其真[2]而又奚化[3]耶？

【译文】

既然躺在墓穴安安稳稳啊，你后来又何必要化仙而去呢？

【注释】

① 窀穸（zhūn xī）——墓穴。
② 反其真——返回到本源，指人已死。反，通“返”。
③ 奚化——指人死后又化去。

【原文】

余犹桎梏而悬附[1]兮，灵[2]格[3]余以嗟来[4]耶？

【译文】

我至今还身受桎梏而成为这世上的累赘啊，你的神灵能有所感应而到我这里来吗？

【注释】

① 悬附——“悬疣附赘”的简称，指瘤和息肉，身体上多余的东西。
② 灵——灵魂，指晴雯的灵魂。
③ 格——感通。
④ 嗟来——召唤到来。

【原文】

来兮止兮，卿其来耶？

【译文】

来呀，来了就别离开了啊！你还过来吗？

【原文】

若夫[1]鸿蒙而居，寂静以处，虽临于兹[2]，余亦莫睹。

【译文】

你住在混沌之中，处于寂静之境；即使降临到这里，我也看不见你。

【注释】

① 若夫——语助词。
② 兹——这里。

【原文】

搴①烟萝而为步障，列菖蒲而森行伍。

【译文】

我取女萝作为帘幕屏障，让菖蒲象仪仗一样排列两旁。

【注释】

① 搴（qiān）——拔取。

【原文】

警柳眼①之贪眠，释莲心②之味苦。

【译文】

还要警告柳眼不要贪睡，教那莲心不再味苦难当。

【注释】

① 柳眼——早春初生的柳叶如人睡眼初展，所以这样说。
② 莲心——莲心味苦，古乐府中常喻男女思念之苦，并用“莲心”谐音“怜心”。

【原文】

素女①约于桂岩，宓妃②迎兰渚。

【译文】

素女邀约你在长满桂树的山间，宓妃迎接你在开遍兰花的小岛。

【注释】

① 素女——中国神话传说中的擅长鼓瑟的女神，也是中国医家供奉的医疗女神。

② 宓（fú）妃——传说是伏羲氏的女儿，淹死在洛水中，成了洛神。

【原文】

弄玉吹笙[①]，寒簧[②]击敔[③]。征嵩岳之妃[④]，启骊山之姥[⑤]。

【译文】

弄玉为你吹笙[①]，寒簧[③]为你击乐；召来嵩岳灵妃[③]，惊动骊山老母[④]。

【注释】

① 弄玉吹笙——相传秦穆公之女弄玉善吹笙，嫁与萧史，萧善吹箫，能作凤鸣，后引来凤凰，夫妻随凤化仙飞去。

② 寒簧——仙女名，偶因一笑被下罚人间。

③ 敔（yǔ）——古代的一种乐器，形状如一只伏着的老虎。

③ 嵩岳之妃——指嵩山神的夫人灵妃，善于吹笙。传说武则天临朝时，“下制号嵩山为神岳，尊嵩山神为天中王，夫人为灵妃”。

④ 骊山之姥（mǔ）——传说殷周时有骊山女子为天子，好音乐，才艺出众，每听到有人奏乐歌唱，便跳起舞来，所以传闻后世。到了唐宋以后，就传为女仙，并尊称为“姥”或“老母”。

【原文】

龟呈洛浦之灵[①]，兽作咸池[②]之舞。

【译文】

灵龟象大禹治水时那样背着书从洛水跃出，百兽象听到了尧舜的《咸池》曲那样群起跳舞。

【注释】

①“龟呈”句——古代传说，夏禹治水，洛水中有神龟背着文书来献给他。又传说黄帝东巡黄河，过洛水，黄河中的龙背了图来献，洛水中的乌龟

背了书来献，上面都是赤文篆字。

② 咸池——古乐曲名，相传为尧乐，也说为黄帝之乐，尧增修沿用。是一种表现宗教天神，歌颂的祭祀音乐，现已失传。

【原文】

潜赤水①兮龙吟，集珠林②兮凤翥③。

【译文】

潜伏在赤水中呵，龙在吟唱；栖息在珠林里呵，凤在飞翔。

【注释】

① 赤水——神话中地名。

② 珠林——也称珠树林、三株（又作“珠”）树，传说“树如柏，叶皆为珠”。

③ 凤翥（zhù）——凤凰在飞翔。

【原文】

爰格爰诚①，匪簠匪莒②。

【译文】

恭敬虔诚就能感动神灵，不必用祭器把门面装潢。

【注释】

① 爰格爰诚——爰，语助词。格，在这里是感动的意思。

② 匪簠（fǔ）匪筥（jǔ）——意谓祭在心诚，不在供品。匪，通“非”。簠、筥，古代祭祀和宴会用的盛粮食的器皿。

【原文】

发轫①乎霞城②，还旌乎玄圃③。

【译文】

你从天上的霞城乘车动身，回到了昆仑山的玄圃仙境。

【注释】

① 发轫（rèn）——启程，出发。轫，阻碍车轮转动的木棍，车发动时须抽去。

② 霞城——神话以为元始天尊居紫云之阁，碧霞为城。后以碧霞城或霞城为神仙居处。

③ 玄圃——传说中的“黄帝之园”，内有奇花异石与各式美玉。玄圃之下有清凉山，四季都刮着清爽的凉风。凡人一旦登上了此山，即可马上成仙而长生不死。

【原文】

既显微而若通，复氤氲[①]而倏[②]阻。

【译文】

既象彼此可以交往那么分明，又忽然被青云笼罩无法接近。

【注释】

① 氤氲（yīn yūn）——烟云笼罩。

② 倏——忽然。

【原文】

离合兮烟云，空蒙兮雾雨。

【译文】

人生离合呵，就像轻烟浮云（聚散不定），神灵缥缈呵，却似薄雾细雨（难以看清）。

【原文】

尘霾敛兮星高，溪山丽兮月午。

【译文】

尘埃阴霾已经消散呵，明星高挂；溪光山色多么美丽呵，月上中天。

【原文】

何心意之忡忡[1]，若寤寐[2]之栩栩[3]？

【译文】

为什么我的心如此烦乱不安？像是梦中你的形象在眼前展现。

【注释】

① 忡忡——忧愁的样子。
② 寤寐（wù mèi）——寤，醒时。寐，睡时。这里指睡梦或日夜思念。
③ 栩栩——生动、活泼。

【原文】

余乃欷歔怅怏[1]，泣涕彷徨。

【译文】

于是我叹息惆怅，流泪哭泣，流连彷徨。

【注释】

① 怅怏（yàng）——指惆怅不乐。

【原文】

人语兮寂历，天籁[1]兮篔筜[2]。

【译文】

人们呵，早已进入梦乡；竹林呵，发出自然声响。

【注释】

① 天籁——自然界的声音，物自然而然发出的声音。
② 篔筜（yún dāng）——一种长节的竹子。

【原文】

鸟惊散而飞，鱼唼喋[1]以响。

【译文】

受惊的鸟儿四处飞散，水面上鱼儿喋喋作响。

【注释】

① 唼喋（shà zhá）——成群的水鸟或鱼儿争食的声音。

【原文】

志哀兮是祷，成礼兮期祥。

【译文】

我写下内心的悲哀呵，作为祈祷，举行这祭奠的仪式呵，期望吉祥。

【原文】

呜呼哀哉，尚飨[①]！

【译文】

痛彻心扉呵，请来此香茗一尝！

【注释】

① 尚飨（xiǎng）——古时旧时用作祭文的结语，表示希望死者来享用祭品的意思。

【说明】

《芙蓉女儿诔》是全书中唯一一篇充满火热激情、悲壮华丽的长赋，也是所有诗词曲赋中篇幅最长的。作者将此献给一个地位卑贱、命运悲惨的丫鬟晴雯，借宝玉之口为她鸣不平、申冤，既是对晴雯美丽纯真、耿直倔强、心灵手巧的欣赏，也使得宝玉的叛逆性格得以进一步呈现。

第七十九回

紫菱洲歌

【原文】

池塘一夜秋风冷，吹散芰荷①红玉②影。
蓼花菱叶不胜愁，重露繁霜压纤梗③。
不闻永昼敲棋声，燕泥点点污棋枰④。
古人惜别怜朋友，况我今当手足情！

【注释】

① 芰（jì）荷——出水的荷，指荷叶或荷花，被秋风吹散喻兄妹分离。
② 红玉——指荷花。
③ 纤梗——纤弱的枝梗。
④“不闻”二句——迎春喜下棋，此时人去屋空，自然是“不闻敲棋声”，无人下棋，棋枰（棋盘）上就落满灰尘。永昼，长长的白昼。

【译文】

一夜秋风吹，池塘冷清清。荷花被吹散，空留红色影。
蓼花在含悲，菱叶也怀愁。重露繁霜压，纤梗不堪受。
白日落棋声，如今不再闻。棋盘太寂寞，污泥处处存。
古人朋友别，怜惜道珍重。何况我姊弟，骨肉手足情！

【说明】

迎春被父亲贾赦许嫁恶棍孙绍祖，邢夫人将她接出大观园准备出嫁。姐弟分离，宝玉十分惆怅，天天到迎春旧居紫菱洲一带徘徊，睹物思人，情不自禁吟此一歌。

第八十三回

嘲宁荣二府民谣

【原文】

宁国府，荣国府，
金银财宝如粪土。
吃不穷，穿不穷，
算来总是一场空。

【说明】

荣国府已经是日薄西山、入不敷出，当家人凤姐在周瑞家的面前感叹诸多难处，周瑞家忙说："真正委屈死人！……外头的人，打量着咱们府里不知怎么样有钱呢。"随即脱口而出，念出外面传的这首民谣。

第八十五回

亲友庆贺贾政升官

【原文】

花到正开蜂蝶闹①，月逢十足海天宽②。

【注释】

①“花到”句——花到正开喻贾政升官，蜂蝶闹喻热闹场面。

②“月逢”句——月逢十足，月亮最圆时，意同“花到正开”。海天宽，喻前途一片光明。

【说明】

贾政当官，众人来贺，贾府迎来送往，车水马龙，热闹非常。物极必反，古人崇尚“花未全开月未圆”境界。花到正开，谢之不远。月逢十足，满盈则亏，预示贾府的衰败就在眼前了。

第八十七回

薛宝钗与黛玉书

妹生辰不偶[①]，家运多艰，姊妹伶仃[②]，萱亲[③]衰迈。兼之猇声狺语[④]，旦暮无休；更遭惨祸飞灾，不啻[⑤]惊风密雨。夜深辗侧[⑥]，愁绪何堪！属在同心[⑦]，能不为之愍恻[⑧]乎？回忆海棠结社，序属清秋[⑨]，对菊持螯[⑩]，同盟欢洽。犹记"孤标傲世偕谁隐，一样花开为底迟"之句，未尝不叹冷节余芳[⑪]，如吾两人也！靴怀触绪，聊赋四章。匪[⑫]无故呻吟，亦长歌当哭[⑬]之意耳。

【注释】

① 不偶——不吉利。传统说法中"偶"为吉，"奇"为凶。

② 伶仃——孤苦无依靠。

③ 萱亲——母亲。

④ 猇声狺语——形容恶言叫骂。猇（xiāo）声，老虎怒吼。狺（yín）语，狗叫声。这里指夏金桂在家里吵闹不止。

⑤ 啻（chì）——止、只。

⑥ 辗侧——辗转反侧，翻来覆去睡不着觉。

⑦ 属在同心——凡与自己要好的朋友。

⑧ 愍恻——同情。"愍（mǐn）"同"悯"。

⑨ 清秋——指秋季，特指深秋。

⑩ 持螯——吃蟹。

⑪ 冷节余芳——（像菊花那样有）冷若冰霜的节操，春光已过的芳香。

⑫ 匪——同"非"。

⑬ 长歌当哭——以放声歌唱代替哭泣，指借歌抒情。意思是用长声歌咏或写诗文来代替痛哭，借以抒发心中的悲愤。

【译文】

妹妹过得不顺利，家道艰难，没有亲姐妹，母亲又年老衰弱。加之家里吵闹，昼夜不得安宁。更遭遇飞来横祸，不只是惊风密雨。深夜翻来覆去睡不着觉，是何等的忧愁！你是我的好姊妹，肯定也是深表同情。回忆起办海棠诗社时，正值深秋时节，我们一起作菊花诗、螃蟹咏，诗社的人都欢乐融洽。还记得“孤标傲世偕谁隐，一样花开为底迟”这句诗。未尝不叹息孤高冷傲的气节和品质，如同我们两人。有感而发，写了这四首诗。并不是无病呻吟，只是抒发自己心中的愤懑罢了。

薛宝钗寄黛玉诗四首

其一

【原文】

悲时序之递嬗①兮，又属清秋②。
感遭家之不造③兮，独处离愁。
北堂有萱兮④，何以忘忧？
无以解忧兮，我心咻咻⑤！

【注释】

① 递嬗——依次更替，逐步演变。嬗（shàn），更替，变迁。
② 清秋——萧瑟的秋天，深秋。
③ 不造——不幸。造，造化。
④“北堂”句——北堂、萱（xuān）均代称母亲。
⑤ 咻咻（xiū xiū）——喘气声，喻心神不宁。

【译文】

我好伤心啊，季节变化，又到了萧瑟的秋天。
我好感伤啊，家门不幸，孤单发愁。
家有老母啊，怎么让她忘掉忧愁？
无法排解啊，我终日心神不宁。

其二

【原文】

云凭凭①兮秋风酸②，
步中庭兮霜叶干。

何去何从兮，失我故欢[③]！
静言[④]思之兮恻[⑤]肺肝！

【注释】

① 凭凭——盛多的样子。
② 秋风酸——秋风刺人。酸，冷。
③ 故欢——过去的快乐时光；以前的朋友。此处兼有两意。
④ 静言——静静地。言，语助词，无义。
⑤ 恻——痛。

【译文】

乌云翻滚啊，秋风寒，
漫步庭院啊，霜叶已干。
何去何从啊，失去快乐！
静心想想啊，痛彻心肝！

其三

【原文】

惟鲔有潭兮，惟鹤有梁[①]。
鳞甲潜伏兮，羽毛何长[②]！
搔首问兮茫茫，
高天厚地兮，谁知余之永伤[③]？

【注释】

①“惟鲔”两句——意为鲔、鹤本应有安居之处。鲔（wěi)，一种贵重的鱼。梁，拦水坝。

②“鳞甲”两句——喻君子失意，小人得势。鳞甲，蛟龙，代指君子。潜伏，喻失意。羽毛，指鸟雀，喻小人。何长，多么得意。

③ 永伤——永久的悲伤。

【译文】

鲔鱼家在潭水啊，松鹤住在石梁。

蛟龙潜伏啊，小鸟在天上翱翔。
搔首问苍天啊，云雾茫茫。
天高地厚啊，谁知道我的忧伤？

其四

【原文】

银河耿耿[①]兮寒气侵，
月色横斜兮玉漏沉[②]。
忧心炳炳[③]兮发我哀吟，
吟复吟兮寄我知音。

【注释】

① 耿耿——清冷明亮的样子。
② 玉漏沉——计时的漏壶快要水尽声歇了。即夜将尽的意思。
③ 炳炳——光彩照耀的样子，形容忧思不减。

【译文】

银河灿烂啊，寒气逼人，
月亮偏西啊，天色将明。
忧心忡忡啊，我（写诗）哀叹诵吟，
吟来吟去啊，送给我的好知音。

【说明】

夏金桂嫁到薛家不久，闹得鸡犬不宁。薛蟠无奈外出躲避，又在酒店行凶，打死店小二张三，犯了杀人罪被监禁。由于连遭祸患，宝钗给黛玉写此书和诗，抒发自己内心的忧闷情绪。

黛玉见帕伤感

【原文】

失意人[①]逢失意事[②]，新啼痕间[③]旧啼痕。

【注释】

① 失意人——指黛玉。
② 失意事——指黛玉见旧手帕感怀旧事。
③ 间（jiàn）——夹杂。

【说明】

黛玉在毡包中拣衣服，偶然看到以前宝玉送她的两块旧手帕，上边自己的题诗和泪痕尚在，便“触物伤情，感怀旧事”，伤心地淌下眼泪。

林黛玉琴曲四章

【说明】

宝玉送妙玉回栊翠庵，路过潇湘馆。忽听得叮咚之声，原来是黛玉在弹琴，二人便在馆外石上坐下，听黛玉边弹边唱此曲。

第一章

【原文】

风萧萧①兮秋气深，
美人千里兮独沉吟②。
望故乡兮何处？
倚栏杆兮涕沾襟③。

【注释】

① 萧萧——冷风凄清之声。
② 沉吟——暗自思索，想心思。
③ 涕沾襟——眼泪沾湿衣襟。

【译文】

寒风萧萧啊，已到了深秋，
美人漂泊千里啊独自伤心。

遥望故乡啊在何处?
倚靠栏杆啊泪满衣襟。

第二章

【原文】

山迢迢[①]兮水长,
照轩窗兮明月光。
耿耿不寐[②]兮银河渺茫,
罗衫怯怯[③]兮风露凉。

【注释】

① 迢迢——遥远;长久。
② 耿耿不寐——心中烦躁不安,不能入睡。耿耿,心里挂念。寐,睡着。
③ 罗衫怯怯——衣衫单薄,不耐寒。

【译文】

山峰绵延啊,水流悠长,
照在窗户上啊,明月之光。
愁思不能入眠啊,银河上繁星渺茫,
衣衫单薄啊,秋风秋露寒凉。

第三章

【原文】

子[①]之遭兮不自由,
予[②]之遇兮多烦忧。
之子[③]与我兮心焉[④]相投,
思古人兮俾无尤[⑤]。

【注释】

① 子——你,古代对对方的尊称。这里指宝钗,因为黛玉是受宝钗寄来诗的启发而作的这四章诗。

② 予——我。

③ 之子——这个人，那个人。

④ 焉——语助词，无义。

⑤ 思古人兮俾无尤——出自《诗经》：“我思古人，俾无訧（尤）兮。”古，同“故”。思古人，即思念已故之人，原诗意指亡妻，这里是说思念自己的故友（以前的朋友）。俾，使得。尤，过失。

【译文】

你的遭遇啊，使你身不由己，
我的遭遇啊，是太多的烦恼和忧愁。
我们两个人啊，心心相投，
思念我的知己啊，走出困境与烦忧。

第四章

【原文】

人生斯世[①]兮如轻尘，
天上人间兮感夙因[②]。
感夙因兮不可惙[③]，
素心[④]如何天上月。

【注释】

① 斯世——这个世界上。

② 夙因——佛教关于因果的说法，今生的恩怨聚散、生死祸福在前世就已确定。

③ 惙（chuò）——通作“辍”，停止，断绝。

④ 素心——本心，纯洁的心。

【译文】

人生在世啊，轻如烟尘，
前世今生啊，因果早定。
因果早定啊，不能改变，
我心如何呀，明月可鉴。

贾惜春悟禅偈

【原文】

大造①本无方②，云何是应住③？
既从空④中来，应向空中去。

【注释】

① 大造——造出世界万事万物的神力。佛教宣扬佛法无边，故有此说。
② 无方——无常，变化多端。
③ 住——停止、不变。
④ 空——佛教认为世界上一切都是“空”，来也空空，去也空空。空能生有，有皆归空。

【译文】

神创造万物本就是变幻莫测的，还有什么是值得留恋的呢？
既然人生本来就是从空到有，那么就应该向空门去寻求归宿。

【说明】

离别宝玉，妙玉回到栊翠庵，在坐禅时走火入魔，出了危险。惜春听说后，认为她是“尘缘未了”，若是自己出家，定能领悟万境归空的禅理，做到“一念不生，万缘俱寂”，于是口占了这首偈语。这是惜春后来皈依佛门的前奏。

第八十九回

望江南·祝祭晴雯二首

其一

【原文】

随身伴[①]，独自意绸缪[②]。谁料风波平地起，顿教躯命实时休。孰与话轻柔[③]？

【注释】

① 随身伴——晴雯是宝玉的贴身丫鬟，两人虽是主仆，却很亲密。
② 意绸缪——情意绵绵。
③ 孰与话轻柔——和谁来柔声细语地谈心呢？孰与，与谁。

【译文】

失去了亲密无间的同伴，我孤孤单单思念不已。谁能料到无端惹起风波，顿时使你把命丢。今后知己话我和谁说去？

其二

【原文】

东逝水，无复[①]向西流。想象更无怀梦草[②]，添衣还见翠云裘[③]。脉脉[④]使人愁！

【注释】

① 无复——不再。
② 怀梦草——传说中的异草。传说汉武帝思念死去的李夫人，想重见其容貌，东方朔献异草一枝，让他放在怀里，当夜就梦见了李夫人，故有怀梦

草之名。

③ 翠云裘——指晴雯生病时补过的雀金裘。

④ 脉脉——默默，用眼神或行动表达情意。

【译文】

东去的水，再也不会回流。这世上哪有怀梦草，加添衣物时又看到你为我补过的雀金裘。情悠悠，思悠悠，我真的好苦愁！

【说明】

天气转冷，小厮茗烟给在学堂上学的宝玉送来冬衣御寒，宝玉见是晴雯补过的雀金裘，睹物思人，勉强穿上。回来后无精打采，夜里辗转反侧，难以入睡。第二天便写了这两首词。

赞黛玉

【原文】

亭亭[①]玉树[②]临风立，冉冉[③]香莲带露开。

【注释】

① 亭亭——高高地站立着的样子；同“婷婷”形容女子身段美好。

② 玉树——喻身姿优美。

③ 冉冉——亦作“苒苒”，柔弱的样子。

【说明】

这是形容黛玉美貌的话。

黛玉照镜

【原文】

瘦影正临春水[①]照，卿[②]须怜我我怜卿。

【注释】

① 春水——喻镜子。
② 卿——你，对亲密人的昵称。这里指镜中自己的影子。

【说明】

这是续作者叹黛玉病中容颜憔悴，对着镜子顾影自怜的话。

第九十回

叹黛玉病

【原文】

心病终须心药治[1]，解铃还须系铃人[2]。

【注释】

①“心病”句——大意为心理毛病靠药物无法治愈，只有调适心态，方可保全。

②“解铃”句——成语，出自明代瞿汝稷《指月录》：金陵和尚法灯性格豪放，遭众人轻视，只有法眼禅师对他十分器重。有一天，法眼问众人：“谁能把拴在老虎脖子上的金铃解下来?”大家都答不上来。此时法灯正好走过来，就回答说：“拴上去的人能解下来。”法眼一听很高兴，就对众人说：“你们以后别再轻视他了!”后来“解铃还须系铃人”就成了习惯用语，意思是说谁惹出的事还该由谁去解决。

【说明】

雪雁与紫鹃在门外谈论宝玉定亲之事，病中的黛玉在室内听到，深感绝望，遂心灰意冷，一心糟蹋身体，病势也日渐沉重。后来知是误传，希望犹存，心病去除，病情就又逐渐好转起来。故续作者发此感叹。

感　怀

【原文】

蛟龙失水似枯鱼，两地情怀感索居[1]。
同在泥涂[2]多受苦，不知何日向清虚[3]。

【注释】

① 索居——独居。这里指薛蝌和邢岫烟未完婚，不能住一起。

② 泥涂——龙在泥涂，喻遭遇困境。

③ 向清虚——龙腾高天，喻摆脱困境。

【译文】

离了水的蛟龙就像枯鱼一样，我俩朝思暮想却身处两地（不能相见）。我们都身陷困境受苦受难，不知道何时能摆脱困境，双飞双栖。

【说明】

邢夫人侄女邢岫烟因家境贫寨，投亲来到贾府，过着寄人篱下的生活。未婚夫薛蝌心中牵挂，自己也是事事不如意，遂写了这几句诗，“出出胸中的闷气”。

第九十一回

贾宝玉答黛玉禅话

【原文】

禅心已作沾泥絮①，莫向春风舞鹧鸪②。

【注释】

①“禅心”句——出自宋代和尚释道潜的《赠妓诗》。传说苏轼在徐州为官时，好友道潜和尚前来拜访，宴席上，苏轼开玩笑，让一个妓女去向他讨诗。和尚当场口占一首：“多谢尊前窈窕娘，好将幽梦恼襄王。禅心已作沾泥絮，肯逐春风上下狂?”禅心，出家人的心。沾泥絮，沾在泥巴上的柳絮（飞不起来），喻没有非分之想，不会做轻狂之事。

② 鹧鸪（zhè gū）——一种鸟，叫声洪亮刺耳，古人拟其音似“行不得也哥哥”，在外的游子听了最易动思乡之情。

【译文】

我决心出家为僧，就像柳絮粘在泥巴里一样坚定，不再（动凡心）留恋红尘了。

【说明】

参禅往往是只可意会不可言传。黛玉借参禅试探宝玉：“宝姐姐和你好，你怎么样？宝姐姐不和你好，你怎么样？……”宝玉答：“任凭弱水三千，我只取一瓢饮（世上好姑娘再多，也只爱你一个）。”黛玉说：“瓢之漂水奈何(不由你做主，好不成，咋办?)?”宝玉说：“非瓢漂水，水自流，瓢自漂耳(不是做不了主，是意志不坚定)。”黛玉又说：“水止珠沉，奈何（我死了，你怎么办)?”宝玉就引了这两句诗来作答，再次重复“你死了我去当和尚”的诺言。

第九十三回

荐包勇与贾政书

【原文】

世交夙好，气谊素敦[①]，遥仰襜帷[②]，不胜依切！弟因菲材获谴[③]，自分[④]万死难偿，幸邀宽宥[⑤]，待罪边隅[⑥]。迄今门户雕零，家人星散。所有奴子[⑦]包勇，向曾使用，虽无奇技，人尚悫实[⑧]。倘使得备奔走[⑨]，糊口有资[⑩]，屋乌之爱[⑪]，感佩无涯矣！专此奉达，余容再叙，不宣[⑫]。

【注释】

① 气谊素敦——情谊一直很深厚。

② 仰——仰慕。襜帷，古代王公贵族车子上的帷幕，这里是对贾政的尊敬称呼。

③ 菲材——才能浅薄。获谴，被（朝廷）责罚。

④ 自分——自己估计。

⑤ 幸邀宽宥——幸而得到从宽处理。

⑥ 待罪边隅——迁徙到边远的地方。“待罪”是“居住”的自谦说法。

⑦ 所有奴子——我的家仆。

⑧ 悫（què）实——忠诚老实。

⑨ 倘使得备奔走——如果使他能被你所用。

⑩ 糊口有资——即挣口饭吃。

⑪ 屋乌之爱——即“爱屋及乌”，这里说因爱甄家所以爱其奴仆。乌，乌鸦。旧时乌鸦常受人讨厌。

⑫ 不宣——不说了，旧时书信结束时的套语。

【说明】

甄府与贾府是世交，甄家因获罪抄家，贬往边疆地区，甄宝玉的父亲甄应嘉写信给贾政，推荐他的家仆包勇前来投靠贾府，希望贾政收留。

匿名揭帖儿

【原文】

西贝草斤[1]年纪轻，水月庵里管尼僧[2]。
一个男人多少女，窝娼聚赌是陶情[3]。
不肖子弟来办事，荣国府内好声名！

【注释】

① 西贝草斤——拆字法，“西贝”为“贾”，“草斤”为“芹”，合而成“贾芹”。

② 尼僧——尼姑。

③ 陶情——陶冶性情。这里是讥讽贾芹寻欢作乐。

【说明】

为迎接元妃省亲，贾府买来二十个年轻俊美的小女尼、道姑。省亲结束后，统一安排入住水月庵，由贾芹管理。贾芹因和其中的沁香、鹤仙有了暧昧私情，被匿名举报。两张内容一样的举报信，一张贴在贾府门上，一张封好寄给贾琏。贾政看了揭帖先是震怒，最后也只是把那些女尼、女道打发出去了事。

第九十四回

赏海棠花妖诗三首（一篇）

其一（贾宝玉）

【原文】

海棠何事忽摧隤[①]？今日繁花为底[②]开？
应是北堂增寿考[③]，一阳旋复[④]占先梅[⑤]。

【注释】

① 隤（tuí）——通“颓”。
② 底——何。
③ 北堂——代指母亲。寿考，长寿。“考”是老的意思。
④ 一阳旋复——阳气回转。
⑤ 占先梅——指海棠花比梅花先开。

【译文】

海棠花为什么忽然枯萎？今天又为什么花开艳艳？
这应该是母亲健康长寿的好兆头，暖阳回转，海棠比梅花占得先机（报春）。

其二（贾环）

【原文】

草木逢春当茁芽，海棠未发候偏差[①]。
人间奇事知多少，冬月开花独我家。

【注释】

① 候偏差——错了季节（此时农历十一月为冬季）。

【译文】

草木一到春天就当发新芽，海棠（此时冬季）花未开是时节不对。
人世间奇异事情究竟有多少，寒冬海棠花开只有我们贾家。

其三（贾兰）

【原文】

烟凝媚色春前萎①，霜浥②微红雪后开。
莫道此花知识浅③，欣荣预佐合欢杯④。

【注释】

① 春前萎——指海棠之前在春天（该开花时）却枯萎。

② 浥（yì）——湿润。

③ 知识浅——指花木无意识。

④“欣荣”句——指海棠花开灿烂，预先来为喜庆之事助兴。欣荣，欣欣向荣，指花开繁盛的样子。佐，助。合欢杯，欢聚的酒杯。

【译文】

春光明媚时它枯萎，严霜寒雪时它却绽开花蕊。
不要说这几株海棠没有见识，冬日盛开那是预祝咱家喜事连连。

【说明】

怡红院里的海棠一反常态，本来已萎了几棵，却忽然于冬日（十一月）开花，大家对此异事议论纷纷。贾赦、贾政说是花妖作怪，凤姐也以为不祥。贾母认为是喜兆，非常高兴，命人备酒赏花。宝玉等三人为“讨老太太的喜欢”，便各作海棠诗一首。

第九十五回

寻玉乩[1]书

【原文】

噫[2]！来无迹，去无踪，青埂峰下倚古松。欲追寻，山万重，入我门[3]来一笑逢[4]。

【注释】

① 乩（jī）——即扶乩，一种占卜问疑的传统迷信活动。
② 噫——感叹词。
③ 入我门——入仙家之门，指出家。
④ 一笑逢——得来全不费工夫之意。

【说明】

宝玉失玉，变得疯疯癫癫，贾府大乱。妙玉勉强答应邢岫烟请求，在栊翠庵为宝玉扶乩，结果得了这样一段乩语。喻青埂峰下的顽石（宝玉）最终回归原处，贾宝玉后来悬崖撒手，离开红尘。

第九十八回

叹黛玉之死

【原文】

香魂一缕随风散，愁绪三更入梦遥！

【说明】

这是小说中写到黛玉断气时，续作者的一句叹息话。正当宝玉和宝钗举行婚礼时，黛玉凄惨死去。喜与悲形成强烈的对比，情节安排感人，戏剧化效果明显。

第九十九回

与贾政议探春婚事书

【原文】

金陵契好[①]，桑梓[②]情深。昨岁供职来都，窃喜常依座右[③]，仰蒙雅爱，许结“朱陈[④]”，至今佩德勿谖[⑤]。只因调任海疆，未敢造次[⑥]奉求，衷怀歉疚[⑦]自叹无缘。今幸棨戟遥临[⑧]，快慰平生之愿，正申燕贺[⑨]，先蒙翰教[⑩]，边帐光生[⑪]，武夫额手[⑫]，虽隔重洋，尚叨樾荫[⑬]。想蒙不弃卑寒，希望茑萝[⑭]之附；小儿已承青盼[⑮]，淑媛[⑯]素仰芳仪。如蒙践诺，即遣冰人[⑰]。途路虽遥，一水可通，不敢云百辆之迎，敬备仙舟以俟。兹修寸幅[⑱]，恭贺升祺，并求金允。临颖[⑲]不胜待命之至[⑳]！

【注释】

① 契好——友好。契，近，指双方投缘。

② 桑梓——桑树和梓树，古代居家房屋周边多种植此树，后常被用来代指故乡。

③ 座右——座位的旁边。座位以左为尊，这里是谦虚用法，以示尊重。

④ 朱陈——村名，在今江苏省丰县东南。白居易《朱陈村》诗：“徐州古丰县，有村曰朱陈。一村唯两姓，世世为婚姻。”后遂用朱陈为两姓缔结婚姻的代词。

⑤ 勿谖——没有忘记。

⑥ 造次——冒冒失失。

⑦ 衷怀歉疚——内心感到遗憾。

⑧ 棨戟遥临——指贾政远道出任江西。棨（qǐ）戟，一种有套的或油漆的木戟，古代官吏出行时作前导的一种仪仗。

⑨ 申——表达。燕贺，语本《淮南子·说林训》：“大厦成而燕雀相贺。”这里用以表示对新任官职的庆贺。

⑩ 先蒙翰教——先在信中蒙受你的指教。

⑪ 边帐光生——边地的军帐内为之而增加光彩。周琼是武人，所以这样说。

⑫ 额手——以手加额，表示庆幸。“额手称庆”是成语。

⑬ 叨——承受。樾荫，本意为双木交聚而成的树荫。这里指得到荫庇、关心照顾。

⑭ 茑萝——茑和女萝，都是蔓生植物，附于他物上生长。这里用以指依附，是自谦之词。

⑮ 青盼——喜爱。

⑯ 淑媛——犹言“令爱”，指贾政女儿探春。

⑰ 冰人——媒人。

⑱ 寸幅——简短的书信。

⑲ 升祺——增福。金允，允许。对人表示客气的说法。

⑳ 临颖——提笔写信之时。颖，笔锋。不胜待命之至，盼望答复的谦词。

【说明】

周琼和贾政是同乡，同在京就职，双方曾谈起过儿女婚事。后来周琼调至海疆，贾政也外任江西粮道衙门，此时周琼写信给贾政，求结儿女亲家。

第一百零一回

散花寺签

【原文】

王熙凤衣锦还乡[①]

去国离乡二十年[②]，于今衣锦返家园。
蜂采百花成蜜后[③]，为谁辛苦为谁甜?
行人至[④]，音信迟[⑤]，讼宜和[⑥]，婚再议[⑦]。

【注释】

① 王熙凤衣锦还乡——第五十四回女先儿说书时曾提到残唐五代时故事《凤求鸾》里的人物王熙凤，与凤姐名字巧合，该签即取自此处。衣锦还乡，指穿着锦袍回家乡，喻功成名就，这里暗喻死后魂归家乡（金陵娘家）。

② 去国离乡——离开故乡，这里的“国”“乡”都指故乡。二十年，应非确指。

③“蜂采”两句——喻王熙凤机关算尽、奔波忙碌一生，最后落得一场空。出自唐代罗隐《蜂》诗:“采得百花成蜜后，为谁辛苦为谁甜?”

④ 行人至——行人，相对“归人（死人)”而言。行人至，即是“归人”，暗喻死期已到。

⑤ 音信迟——暗喻（做坏事）遭报应是迟早的事。

⑥ 讼宜和——有“冤家宜解不宜结”之意，喻凤姐曾包揽狱讼，害死人命，不宜。

⑦ 婚再议——本意为婚姻重新考虑。这里喻指凤姐死后贾琏把平儿扶了正。

【说明】

凤姐原不信“阴司地狱报应”，但因月夜大观园见“鬼”——一只两眼似灯，拖着扫帚尾巴的大狗，心中疑惧，又受到尼姑大了的蛊惑，遂来到散花寺磕头祝告，签筒摇出来的一支签是“第三十三签，上上大吉”，这是签上的文字。对照全书第五回王熙凤的判词及曲子唱词，所谓“上上大吉”应为反语，签词也全是谶语。作者借求签这一迷信活动，再次暗示凤姐的悲剧命运。

第一百零八回

骰子酒令四首

孙媳妇宝钗过生日，贾母特意举办酒席庆贺。这次还是鸳鸯做令官，但这次把三张牙牌改为四个骰子，骰子掷出的点儿，由令官先说骰子名儿，掷骰子人再说曲牌名儿，下家说《千家诗》里的一句。

其一（四个“幺”）

【原文】

商山四皓[①]。（鸳鸯）
临老入花丛。（薛姨妈）
将谓偷闲学少年[②]。（贾母）

【注释】

① 商山四皓——秦末隐居商山的四位有道老者，分别是东园公、夏黄公、绮里季、甪（lù）里先生，四人年纪都在八十以上，须眉皓白，世称商山四皓。汉初，吕后接受张良建议，迎四皓以佐助太子，使得刘邦打消了废长立幼念头，太子之位得以巩固。因骰子掷的是四个“幺（一点）”，且是白色的，故有此名。后面两句曲名、诗句，皆顺着此句，围绕“老”字发挥。

②“将谓”句——取自宋代大儒程颐《春日偶成》诗：“时人不识予心乐，将谓偷闲学少年。”

其二（四个“二”）

【原文】

刘阮入天台[①]。（鸳鸯）
二士入桃源[②]。（李纹）
寻得桃源好避秦[③]。（李纨）

【注释】

① 刘阮入天台——传说汉代刘晨、阮肇入天台山采药，被遇见的两仙女留住半年，等到回家时人已换了几辈。

② 二士入桃源——即刘、阮二人入天台仙境，桃源泛指仙境。

③“寻得”句——出自宋代谢枋得《庆全庵桃花》诗第一句。

其三（二个“二”二个“三”）

【原文】

江燕引雏①。（鸳鸯）
公领孙②。（贾母）
闲看儿童捉柳花③。（李纨）

【注释】

① 江燕引雏——江上的燕子带领小燕子飞翔，喻贾母带领众子孙。

② 公领孙——意为老爷爷（公）带领小孙子。

③“闲看”句——出自南宋杨万里《初夏睡起》诗：“日常睡起无情思，闲看儿童捉柳花。”

其四（二个“二”二个“五”）

【原文】

浪扫浮萍。（鸳鸯）
秋鱼入菱窠。（贾母）
白萍吟尽楚江秋①。（湘云）

【注释】

①“白萍”句——出自宋代名儒程颢《题淮南子》诗：“南去北来休便休，白萍吹尽楚江秋。”所引用的“吟”字，应为“吹”字之误。

【说明】

贾府已势衰，只是勉强作乐，强颜欢笑，再没有前文第四十回贾母两宴大观园时的热闹景象。席间，当鸳鸯念出“江燕引雏”时，一贯伶牙俐齿的凤姐却脱口而出：“雏是雏，倒飞了好些了”。隐喻贾家人口凋零、家族衰败。“寻得桃源好避秦”“白萍吟尽楚江秋”等均寓不详之兆。

第一百一十六回

重游幻境所见联额三副

（1）真如福地[①]

【原文】

假去真来真胜假，无原有是有非无[②]。

【注释】

① 真如福地——与“太虚幻境”对应。真如，佛家语，指万事万物的本来面目，即所谓永恒真理。真，真实；如，如常不变。福地，幸福之地，仙境。“真如福地”恰好是“太虚幻境”的反义。

②“假去”两句——对应太虚幻境对联“假作真时真亦假，无为有处有还无”。

【说明】

太虚幻境对联中，“真”和“假”、“有”和“无”是对立统一关系，是“真亦假”“有还无”；而这里把“真”与“假”、“有”与“无”截然对立起来，变成“真胜假”“有非无”，以此说明贾宝玉的大彻大悟。

（2）福善祸淫[①]

【原文】

过去未来，莫谓智贤能打破[②]；
前因后果，须知亲近不相逢[③]。

【注释】

① 福善祸淫——施福于善者，降祸于淫者。

②“过去”两句——古往今来，即使智慧贤能的人都迷恋世俗生活，不

能看破红尘。

③“前因”两句——前世的因，后世的果，要知道这是天意，即使相亲相近也难以走到一起。

【说明】

对应第一回“孽海情天对联”。符合佛家的宿命论、因果报应思想，为贾宝玉最后出家做铺垫。

（3）引觉情痴①

【原文】

喜笑悲哀都是假，贪求思慕总因痴。

【注释】

① 引觉情痴——引导情痴者觉悟。情痴，沉迷情爱不能自拔的人。

【说明】

宝玉失玉病危，和尚送回通灵宝玉使他病情好转。因麝月失言又导致宝玉假死，魂魄出窍，重游一次太虚幻境，见到鸳鸯、元春、凤姐等人，醒来后彻悟。这三副联额是续作者对应前文中的“太虚幻境对联”“孽海情天对联”“薄命司对联”而拟，由宝玉在重游幻境时所看到。

第一百一十七回

月字流觞酒令

飞羽觞而醉月①。(贾蔷)
冷露无声湿桂花②。(贾环)
天香云外飘③。(贾环)

【注释】

①"飞羽觞"句——取自唐代李白诗《春夜宴桃李园序》:"开琼筵以坐花,飞羽觞而醉月。"意为:摆下珍美的筵席,坐在鲜花树丛里,酒杯飞快地传递,大家都沉醉在明媚的月色之下。羽觞,鸟型酒杯。古代一种酒器,左右形如两翼,呈鸟雀状。

②"冷露"句——取自唐代王建《十五日夜望月寄杜郎中》诗:"中庭地白树栖鸦,冷露无声湿桂花。"

③"天香"句——取自唐代宋之问《灵隐寺》诗:"桂子月中落,天香云外飘。"

【说明】

邢大舅与王仁、贾环、贾蔷等假充斯文,在贾府外书房喝酒行令。规则为:一人念一句带"月"字的诗文,顺数下去,月字到谁谁喝酒,酒面要说一句带"桂"字的诗句,酒底说一句带"香"字的诗句。

第一百一十八回

宝玉吟句

【原文】

内典[①]语中无佛性[②]，金丹[③]法外有仙舟[④]。

【注释】

① 内典——佛教的经典。

② 佛性——佛指觉悟，性，意为不变。佛教认为一切众生皆有佛性，即都有觉悟成佛的可能性。

③ 金丹——道士所冶炼的以为服之可以长生不老的丹药。

④ 仙舟——舟船的美称，这里成仙的途径。

【译文】

佛在心中，光靠念经不能领悟。到达仙境的途径是有的，但不在金丹方术之中。

【说明】

宝钗正言劝诫，袭人一旁附和，二人合力，劝宝玉读圣贤书以参加科考，建功立业。宝玉随即吩咐袭人收起房中的与科考无关的书籍，还声言要把这些书烧掉，接着便吟出这两句话。

第一百一十九回

宝玉离家赞语

【原文】

走来名利无双地[①]，打出樊笼第一关[②]。

【注释】

① 名利无双地——指科举考场，中国封建社会读书人求取功名利的主要途径。无双，无比。

②“打出”句——樊笼，关鸟兽的笼子。佛教认为，社会人生就如同樊笼，出家为僧、求得精神解脱就是打破樊笼。宝玉把“博得一第”作为他出家为僧、求得精神解脱的先决条件，所以把参加科考当成是冲破了“第一关”。

【说明】

宝玉一反常态，积极备考，希望“博得一第”而“不枉天恩祖德”，做到“忠孝两全”，然后再离家出走。因此和侄儿贾兰一起去参加科举考试，临行前，王夫人和宝钗甚为担心，反复叮咛交代。宝玉仰面大笑道：“走了，走了！不用胡闹了，完了事了！”在此作者写了以上的赞语。

第一百二十回

离尘歌

【原文】

我所居兮，青埂之峰①；
我所游兮，鸿蒙②太空。
谁与我逝③兮，吾谁与④从？
渺渺茫茫兮，归彼大荒！⑤

【注释】

① 青埂之峰——小说第一回所说的顽石最初所在处。
② 鸿蒙——古人设想中的大自然的原始混沌状态。
③ 逝——往，过去。
④ 谁与——与谁。
⑤ 大荒——即小说开头说的大荒山。

【译文】

我居住在青埂峰下，我遨游在这迷茫广博的太空。
谁将与我共同离开这个世界，我又将与谁一路同行。
我在彷徨迷茫中，回归到最初的故乡（大荒山）。

【说明】

贾政离京去金陵葬母，归途中泊船毘（pí）陵驿，忽见一人光头赤脚，披大红猩猩毡斗篷，雪地里向他倒身下拜。贾政细看，认出是宝玉，刚要对话，忽来一僧一道，挟住宝玉飘然而去，只听到三人中不知哪一个在唱这首歌。

咏桃花庙句

【原文】

千古艰难惟一死，伤心岂独息夫人[1]！

【注释】

① 息夫人——息妫（guī），春秋时期著名的美女之一，因嫁给息国国君，故称息夫人。又因容颜绝代，目如秋水，脸似桃花，被称为“桃花夫人”。楚文王灭息国，息夫人无奈嫁给楚文王，生下两个儿子，但总不与楚文王讲话。问她原因，她说：“一个女子嫁了两个丈夫，只差一死，还有什么可说的呢?”后人建息夫人庙以作纪念，因她又被称为桃花夫人，所以此庙又称桃花庙。

【说明】

引自清初邓汉仪在《题息夫人庙》诗中的两句。宝玉出走后，袭人几次欲寻短见，后来嫁给了蒋玉菡，蒋对她极好，袭人最终放弃自杀念头。续作者认为袭人和息夫人一样，都是迫不得已，所以用这两句诗来类比她。

顽石重归青埂峰

【原文】

天外书[1]传天外事[2]，
两番人[3]作一番人[4]。

【注释】

① 天外书——大荒山无稽崖青埂峰下的这块顽石位于仙界（天外），这块石头上文字被抄录编纂成本书，所以称“天外书”。

② 天外事——此书所传记的都是石头在天外（人间）之事。前面的“天外”指仙界，这里的“天外”指人间。

③ 两番人——仙界神瑛侍者与人世间的贾宝玉。

④ 一番人——同属一人。

【说明】

一僧一道携通灵玉到青埂峰下，将它安放在女娲炼石补天处，然后各自云游而去。续书作者就插了这两句赞语。

结红楼梦偈

【原文】

说到辛酸处，荒唐愈可悲。
由来[①]同一梦，休笑世人痴[②]！

【注释】

① 由来——从来，自古以来。
② 痴——执迷不悟。

【译文】

本书所讲述的辛酸经历，愈发觉得荒唐而又可悲。
古往今来，人生如梦，不要笑话世人的痴迷执着。

【说明】

呼应小说第一回作者自嘲诗："满纸荒唐言，一把辛酸泪。都云作者痴，谁解其中味?"作为第一百二十回全书结束的偈语。

图书在版编目(CIP)数据

《红楼梦》诗文解读/吴兆能著．—合肥：合肥工业大学出版社，2018.9
ISBN 978-7-5650-4163-1

Ⅰ.①红…　Ⅱ.①吴…　Ⅲ.①《红楼梦》—古典诗歌—注释
Ⅳ.①I222.749

中国版本图书馆 CIP 数据核字(2018)第 209223 号

《红楼梦》诗文解读

吴兆能　著　　　　责任编辑　朱移山

出　版	合肥工业大学出版社	版　次	2018 年 9 月第 1 版
地　址	合肥市屯溪路 193 号	印　次	2018 年 9 月第 1 次印刷
邮　编	230009	开　本	710 毫米×1010 毫米　1/16
电　话	人文编辑部:0551-62903205	印　张	16.5
	市场营销部:0551-62903198	字　数	292 千字
网　址	www.hfutpress.com.cn	印　刷	安徽昶颉包装印务有限责任公司
E-mail	hfutpress@163.com	发　行	全国新华书店

ISBN 978-7-5650-4163-1　　　　定价：38.00 元